위인 공감

설설설 인설

위인 공감 설설설 인설
유기흥 지음

초판 인쇄 2020년 11월 05일
초판 발행 2020년 11월 11일

지은이 유기흥
펴낸이 신현운
펴낸곳 연인M&B
기 획 여인화
디자인 이희정
마케팅 박한동
홍 보 정연순
등 록 2000년 3월 7일 제2-3037호
주 소 05052 서울특별시 광진구 자양로 56(자양동 680-25) 2층
전 화 (02)455-3987 팩스 (02)3437-5975
홈주소 www.yeoninmb.co.kr
이메일 yeonin7@hanmail.net

값 15,000원

ⓒ 유기흥 2020 Printed in Korea

ISBN 978-89-6253-503-7 03810

위인 공감

설설설 인설

유기흥 지음

연인M&B

이순신, 장보고, 세종대왕 등 우리나라의 위인들은 많고 많다. 위대한 인물의 위인전도 많다. 이 책의 위인은 크고 먼 위인의 이야기가 아니다. 아직은 가까이 있는 그래서 작고 잘 알려지지 않은 위인들로 구성하였다.

사회구조의 上下^(상하) 관계와 男女^(남녀) 사이, 그리고 모든 구조에서의 평등과 싸우고 있다. 어느 대중가요의 가사처럼 사랑의 아픔이 다른 사랑으로 치유가 된다는 말이 있다. 사람과 사람 사이의 상처 또한 사람에게 치유받고 용기와 희망을 얻고 나를 돌아보고 알 수 없는 미래를 생각하는 방법을 생각했다.

이 책에서 소개하는 위인들 몇몇은 잘 몰랐었으나 이재인* 교수님께 옛날이야기를 듣고 옮겨 쓴 부분과 확인 과정을 거쳐 쓴 부분이 있음을 밝혀 둔다. 또 확인의 오류도 있을 수 있다.

---

* 전 경기대 교수, 현 충남문학관장(한국문인인장박물관 관장), 저서 「우리소설 50선」(문광부 추천도서), 「오영수문학」(문광부 우수학술도서), 「한국현대시」, 「시조해설」, 수상 한국문학평론가협회상 외 다수.

위인들이 한 이야기와 위인들의 지인들 이야기를^(설) 이재인 교수님을^(설) 거쳐 저자가 다시 정리를^(설) 하였다.

가마솥에서 뜨거운 국물이 끓는 모습을 보며 설설설 끓는다고 표현한다. 지금 우리에게 닥친 문제를 사람^(인설) 이야기로 설설설 뜨겁게 상처를 치유, 회복했으면 한다.

2020. 10. 01.
저자 유기홍

| 차례 |

첫 번째 이야기

간송미술관과 전형필

간송 전형필

- 서울 출생
- 휘문고보 졸업
- 일본 와세다대학 수학
- 보화각 설립
- 보성고보 인수
- 문화재 보호위원
- 신장병으로 별세

문화재가 돈보다 귀한

2만 석 재산을 팔아 문화재를 구입한 전형필

간송미술관이 자리하고 있는 이 터는 식민지 시대 '북단장'이란 이름을 지니고 있었다. 원래 이 대지는 고려말 이후 '선잠단'이라 불리웠다. 조선조 왕씨가에 양잠의 창시자라고 일컫는 서능 씨한테 이곳에서 제사를 드린 데서 그 이름이 유래했다.

그런데 구한말 외세에 의해 개항이 되자마자 프랑스 상인 프레상이 한국에 들어왔다. 그는 비료 장사로 많은 돈을 벌어들였다. 그러자 그는 이곳에 유럽식 제법 웅장한 별장을 짓고 살았던 터였다. 그것이 한국인 전형필이 사들여 '북단장' 한쪽에 즉, '보화각'이란 사립 박물관을 건립하게 되었는데 이것이 오늘의 간송미술관으로 불린다.

간송 전형필은 우리 근대사에서 빼놓을 수 없는 애국자이다. 애국

자 가운데 정말 놀라울 정도로 훌륭한 애국자이다. 그는 미술품 수집가이며 교육자이다.

그는 1906년, 탄생해서 1962년 세상을 떠날 때까지 연보에 특별한 화려함이 없다. 말하자면 평범하고 성실했다. 정치적·사회적인 격동기에도 그는 어떤 사건에도 연루된 일이 없다. 그래서 간송이 언제나 민족적 자부심과 긍지를 지니고 평생을 살았다.

당대 만석꾼의 지주로서 허튼 수작을 하지 않고 오직 미술품 수집가로서의 삶을 살았다.

간송 전형필은 1906년, 7월 29일 서울 종로 4가 112번지에서 둘째로 태어났다. 아버지 전형기 씨는 중추원 의관이었다. 아버지가 충청도와 황해도에 많은 땅을 소유하고 있었다. 뿐만 아니라 서울 종로 일원의 상권을 쥐고 있던 대부호였다.

간송은 1921년 어의동 지금의 호제초등학교를 졸업하고 바로 휘문고보로 진학했다. 이 학교에서 시문학파로 널리 알려진 영랑 김윤식, 월탄 박종화와 교류하면서 음악과 미술, 문학에 심취하게 된다. 월탄 박종화는 간송과 내종 간의 사이였다. 또한 간송은 운동 경기에도 남다른 관심을 보였다. 그러다가 마침내 1루수로서 야구부장 직책을 맡기도 했다.

고미술시장에 유출된 문화재 가슴 아파하다

간송은 1926년 일본으로 유학을 떠났다. 와세다대학 법과에 입학한 그는 고국 땅에서 일본 고미술시장으로 유출된 미술품을 바라보면서 커다란 자각을 하게 되었다. 학업을 마치고 귀국한 그는 아버지의 적극적인 후원에 의해 역사에 남을 만한 미술품을 수집하였다. 그는 그냥 호사가의 수집이 아니라 민족적인 차원의 집중적인 수집이었다.
그것이 바로 조선
시대에 남긴 명품
미술품들이었다.

간송의 이러한 식
견과 안목은 그가
휘문고보에서 은사
인 화가 고희동과

▶ 1930년대에 건축된 보화각의 초창기 모습

대학 졸업 뒤 가까이했던 선배 오세창 때문이라 밝혔다. 언론인 오
세창은 기미독립 선언서에 서명한 33인 중의 한 분이었다. 당대의 유
명한 명필로 이름난 오세창은 간송한테 커다란 영향을 끼친 것으로
확인할 수가 있다. 사실 그가 박물관 건립을 권장하고 앞길을 인도
했다고 하겠다. 특히 '보화각'이란 현판도 위당이 직접 써 주었다.

최초의 사립박물관 설립

이러한 권유와 면려에 힘입어 침탈된 식민지 속에서 땅을 팔고 재산
을 정리하여 '보화각'을 명실공히 박물관으로서 유물을 수장하게 되
었다. 그는 민족문화를 부르짖지 않고도 차분하고 치밀한 계획 아래
문화재 수집을 진행했다. 특히 일본 동경에 캐츠비라는 영국인 변호
사가 조선시대 미술품 수장가라는 사실도 파악하고 있었다. 그가 본
국으로 귀국할 때에는 소장한 것들을 일부 정리할 것을 예견했다. 이

때에 대비하여 동경의 단골 골동상인에게 미리 부탁을 해 놓았다. 그런 지혜로 인해 1937년 캐츠비가 소장했던 미술품을 내놓다는 소식을 듣게 되었다. 간송은 사람을 데리고 급히 일본 현지로 갔다.

마침내 간송은 청화상감정병 등 후에 우리나라 국보로 지정된 문화재를 끌어오는 수훈을 세웠다. 당시의 구입한 문화재 대금을 치르기 위해 충청도 공주 지방에 드넓고 방대한 농토를 매각하게 되었다고 한다.

간송은 자신이 조선인임으로 조선의 문화재를 되돌아오게 하는 것이 조선인의 도리라고 캐츠비를 설득하여 그가 지녔던 보물들을 대량 수거하여 한국 땅으로 들어오게 했다. 이렇게 열정으로 우리 문화재 수집을 하던 중에 경북 안동 지방에서 「훈민정음」 원본이 발견되었다는 소식을 접하고 사람을 보내 일본인 모르게 사들여 간직하고 있었다고 고백했다.

반출되는 문화재 다시 찾다

이밖에 진고개 미술품 상인 그룹인 '남산구락부'에서 조선 황금국화문백자를 매입할 때는 일본인이 끼어들어 1만 원으로 호가하던 가격이 그만 1만 4천 5백 원까지 치솟았지만 기필코 손에 넣어 보전할 수 있게 되었다고 전한다. 그리고 일본 낭인들에 의해 충북 괴산 칠성사지 석조부도를 인천 제물포항에서 일본인이 부르는 대금을 치르고 사 오게 되어 귀중한 문화재 반출을 막게 되었다고 한다. 간송이 지니고 있는 우리 문화재에 대한 긍지와 자부심은 정말 본받을 만했다. 일본 미나미 총독이 보화각을 보고 싶다는 요청이 여러 차례 전해져 왔는데 거절할 수 없어 관람을 허락했다. 미나미가 도착하여 오래 기다리게 한 일화가 그의 민족적 자존감을 읽을 수 있게 했다.

현재 간송미술관에서 소장하고 있는 「훈민정음」을 비롯하여 「동국정운」, 신윤복 「풍속화첩」 등 숱한 고려청자, 조선백자와 진귀한 고문서 등 수백만 점이 소장되어 아직도 이를 정리하고 정기 기획전을 개최하고 있다. 문화재 계량을 헤아리기에 앞서 질적 가치와 희귀성, 역사적 의의로 볼 때 간송미술관은 한국 문화를 대표적으로 나타내는 민족문화재임을 숨길 수 없는 실정이다. 이를 소장하는데 그치지

▶ 동국정운

않고 기획전으로 분야와 장르별로 일반에 공개하고 있다는 것은 나라를 건지고 삶을 구제하고 역사를 유지하는 위대한 발자취를 이루었다고 하겠다.

간송의 둘째 아들은 아버지가 손수 걸으신 민족문화와 교육문화에 역점을 두고 줄기차게 발전시켜 왔다. 그래서 간송미술관을 끝까지 지켜야 했고 아버지가 가꾸신 유지를 받들어 중등 요람인 보성학교를 우수학교 반열에 올려놓을 수가 있다고 회고했다.

창씨개명 끝까지 거절

특히 간송은 일제 식민지 치하에서도 창씨개명을 끝까지 하지 않았고, 학교 안에 일본 천황의 칙어함도 설치하지 않았다. 서릿발 같은 일본인의 감시 속에서도 한글 교육만큼은 해 왔다고 그의 자녀들이 밝혀 주었다.

간송은 신념 있는 민족주의자였다. 그리고 멋과 한국의 미를 보존할 수 있는 탐구자였다. 몇 분의 스승, 몇 사람의 선배가 간송에게 크나큰 영향을 끼쳤다고 하겠다.

간송은 자신의 농토와 전답, 상가, 임야를 비롯하여 만석꾼의 전장을 아낌없이 팔았다. 그리하여 망국의 한을 품고 팔려 나간 조선의 문화재를 천리 타향 외국에서 사들였다. 그것만으로 만족하지 않고 처가의 재산, 만석지기 땅을 문화재를 수집하는데 사용했다. 그 논밭 상가를 정리한 댓가가 세월이 흐르고 혼란기와 격변기 속에서 온

전히 우리의 문화로 성북동에 살아 숨쉬고 있다.

국민으로서, 간송의 업적이 여기에서 그치지 않았다고 그분의 친구들이 기록으로 남겼다. 불우한 스승의 생활비와 어려운 학생들에게는 남모르게 장학금을 건넸으며 불쌍한 사람들에게 재기의 기회를 꾸준히 실행했다고 한다. 노블레스 오블리주의 산 기념비였다. 간송은 이미 세상을 떠났지만 그가 남긴 위업은 그의 자녀 6남매가 오늘도 변함없는 아름다운 삶으로 유업을 이어 가고 있다.

두 번째 이야기

고당 조만식

고당 조만식

- 평남 강서 출생
- 동경 세이소쿠영어학교에 입학
- 오산학교 교장 취임
- 평양YMCA 총무 취임
- 조선일보 사장 역임
- 한규만 소좌에 의해 피살

식민지에서 선구자적 삶,
불복종주의 실현한 고당

인간이 세상에서 삶을 영위하기 위해서는 저마다 자기의 의지와 더불어 꿈을 지니게 되어 있다. 그것은 사람이기 때문이다. 그러나 이 꿈과 의지는 인간이 성장하면서 교육이나 놓여진 생애적 환경과 종교적 배경에 따라 달라지거나 더욱 견고해지는 경향이 있다.

특히 고당(古堂) 조만식(曺晩植)의 경우 당시로서는 선각자들이 조국과 민족의 미래를 중시했던 오산학교에서 교사 이승훈·안창호의 영향이 컸다. 특히 학생 시절에 있어 그의 스승이나 이웃에 살고 있는 선각자들이 있게 되면 사람은 자연히 그의 영향과 사상에 매료되게 되어 있다. 세대 차이는 있지만 통제된 사회일수록 미치는 영향은 크게 마련이다.

조만식이란 한 인물은 선구적 삶을 살았다. 선구자란 대명사는 그 의미가 넓고 크고 또한 시련과 고난이 따르게 마련이다. 선구자가 되기 위한 전제 조건이 있다. 그게 바로 남다른 고난을 극복해야 하는 점이다. 무슨 일이든 그것을 성취하고자 하면 '고난'이란 산을 정복해야만 승리의 깃발을 올릴 수 있다.

조만식은 일찍이 기독교에 귀의했다.

기독교에 귀의하여 근대의식을 가지다

조만식이 창녕 조씨로서 1883년 2월 1일 평안남도 강서(江西)에서 태어났다. 그의 아버지는 고향에서 꽤나 알려진 양반가의 세도를 지닌 분이었다. 그런 사람이 당시로서는 농민의 착취 수단인 농업 장려에서 벗어나서 상업으로 출발했다. 말하자면 근대의식에 눈을 떴다고 하겠다.

그러므로 아들 만식을 일본 유학길에 오르게 했다. 유학을 떠났을 때에는 독립국이었던 나라가 유학을 마치고 나니 그만 나라는 일본 식민지가 되어 버렸다. 청년 조만식이 자신의 꿈과 이상을 향해 불태우던 열정은 그만 암울한 현실이 가로막은 것이다. 당혹스럽고도 개탄스런 일이었다.

새로운 문명, 새로운 나라, 새로운 백성으로 그가 지향하던 길은 일제 식민지로 굴러떨어진 현실을 극복할 수 있을까 고민에 고민을 거듭했다.

치욕의 땅이 되어 버린 조국에서 자신이 할 수 있는 일은 조국애 즉 민족주의를 창달하는 것이 교육사업, 곧 그것이 독립운동이라는 결론을 내렸다. 그래서 결국은 고당 조만식은 생애를 기독교에 귀의했다. 그리고 책을 통해 인도의 간디와 같은 일본 식민지에 대한 불복종주의를 채택하여 결행하게 되었다. 무저항주의·비폭력주의로 대처했다. 아울러 그는 이런 사상을 실현하기 위해서는 교사가 되기로 했다. 그는 학생들에게 민족적 자강의식을 심어야 하겠다고 다짐했다. 그는 바로 남강 이승훈 선생이 세운 오산중학교 교사로 부임하였다.

그는 학생들에게 바야흐로 세계정세를 가르쳤다. 그리고 국가와 민족의식을 일깨웠다. 훌륭한 민족주의자를 양성하면서 기독교 정신도 심화시켰다. 1919년 3·1운동이 일어나자 그는 교장직을 사임했다. 그리고 직접 독립운동에 참여하면서 나아가 지휘했다. 평양에서 제2차 만

세 시위운동 조직책임자로 활동했다. 이때 일본 경찰에 체포되어 보안유지법 위반 혐의로 1년형을 선고받고 평양형무소에서 옥고를 치르기도 했다. 특히 고당 조만식은 오산학교에서 무보수로 교사 · 교장 직무를 한 봉사자였다.

무보수 오산학교 봉사자

1921년 그는 산정현교회 장로로서 평양기독교청년회 총무로 취임했다. 이후 오윤선과 함께 조선물산장려회를 조직하고 국산품 쓰기 장려운동에 앞장섰다.

일제가 신사참배 거부에 앞장선 산정현교회를 폐쇄시키자 그는 고향 강서로 돌아왔다. 하지만 고당은 소련군정에 대한 비타협적인 태도와 신탁통치 반대의 입장을 고수했다. 이로 인하여 1946년 1월 평

▶ 1937년 정월 초하루 평양 산정현교회의 제직원 일동 사진

양 고려호텔에 감금되기도
했다.

고당 조만식은 소련군정
과 공산주의자들에 의해 조
선민주당을 접수한 후 숱한
제자들로부터 월남 권유를
받았다. 같은 애국지사와
독립운동가들은 해외로 망명을 떠났다. 고당은 무슨 생각으로 평양
을 고수하려 했을까? 고당은 6·25전쟁 때 조선인민군에 의해 학살
당하면서까지 굳건한 믿음과 조국을 사랑하는 발자취를 남겼다. 그
는 자신이 늘 깨어 있어야 했고, 검소함과 겸손함이 몸에 배인 삶이
었다. 모더니즘 시문학파 박남수 시인은 조만식의 삶과 그의 신념을
'세상을 앓던 사람'이라 표현했다. 여기에 인용해 보기로 한다.

검은 두루마기는 무릎을 덮은 일이 없고
당신의 옥 같은 몸은 비단에 감겨 본 일이 없다
한국의 촌부가 짠
씨날이 굵은 무명으로도
당신은 족히 자랑을 만들었다

실눈썹에 서리는 자부러움 뒤에서
당신의 작은 눈은 늘 타고 있었고

옳은 일이면 동강 부러질지언정
구부려져 휘이는 일 없었다

오늘 누구도
그니의 생사를 아는 이 없다
머리에 붕대를 감고 세상을 앓던 사람
그 육신은 사로잡혀 적(赤)의 볼모가 되었지만
그니가 우리의 둘레를 떠난 것이 아니라
오히려 가슴마다에 새겨진 그니의 모습은
지워지지 않고 있다

가져다 준 해방의 어려운 더전에
십자가를 스스로 지고
지금 어디서 당신은
은전에 팔려간 형제들을 굽어보시는가. (후략)

　대한민국 정부에서는 고당의 민족적인 선구자의 공훈을 기리기 위하여 1962년 '건국훈장 대한민국장'을 추서했다.
　서울 동작동 국립묘지에 안장된 묘지는 46년 조만식 장로가 고려호텔에 감금되었을 때, 전선애 여사가 면회 당시 받아 보관했던 것을 시신 대신 머리칼과 손톱을 안장시킨 것이다.

세 번째 이야기

우리의 정체성을 일깨운 주시경

한힌샘 주시경

- 황해도 봉산 출생
- 배재학당에 입학
- 독립협회 참가
- 배재학당 역사지지과 졸업
- 국어연구 한글연구 보급, 국어연구소 위원
- 국어문전음학 저술
- 급성체증으로 작고

'한글'의 정체성을 확립시킨
―주보따리의 얼

사람에게는 얼이 있다. 그 얼은 정신이고 혼이며 사람만이 지닌 고유한 특권이다. 그렇다면 국어는 그 나라의 정신이고 혼이면서 문화를 창달하는 도구이다.

문화는 곧 국가를 형성하는 삶의 기본적 풍토이며, 토양이다. 이러한 중차대한 우리의 말과 글은 일제 식민지를 통하여 말살되고 훼멸되는 암흑기를 맞이하게 되었다.

그러나 흰샘 주시경은 우리말의 유지보전은 물론 이를 수호하고자 헌신한 분이다.

지금 우리가 쓰고 있는 '한글'이라는 말 자체도 그의 지혜로 이루어져 쓰이게 된 것이다. 크고 하나뿐인 한민족의 글이 곧 축약되어 한글로 명명된 것이다. 이런 그의 한글이란 말 속에는 민족주의자로서 정체성을 드러내고 있다.

'한글'이 주시경에 의해 일컫다

주시경은 1876년 황해도 봉산군 쌍산면에서 둘째 아들로 태어났다. 그러나 그의 부친 학원 씨와 어머니 전주 이씨의 고향은 황해도 평산군 인산면이다.

아버지 안학원 씨는 둘째 아들 주시경보다 10년을 더 오래 사셨다. 청빈한 선비로서 인근에서 손꼽히는 문필가였다. 그가 남긴 「구암집」이 지금노 세상에 전해지고 있다. 청빈한 선비에 많은 형제들을 낳은 가정환경으로 주시경은 씨래기죽이거나 도라지죽으로 끼니를 때우는 신세였다.

주시경의 나이 13세 되던 해였다. 백부 학만 씨에게 입양되어 서울로 왔다. 큰아버지 학만 씨는 슬하에 아들과 딸을 두었으나 당시 유행하던 괴질로 세상을 떠났다. 그러므로 주시경은 큰아버지 밑에서 18세가 되도록 한문과 경서를 통달하기에 이르렀다. 한문 공부가 깊어 갈수록 역설적으로 그는 우리의 글에 대한 원리 연구와 창제 이치에 대해 관심과 더불어 열정을 기울이기 시작했다. 그것이 바로 내 것에 대한 정체성을 확립하겠다는 의지였다. 주시경은 1906년에 발간된 「대한국어문법」에 한글학자로서 살아오는 역정을 회고한 바 있다.

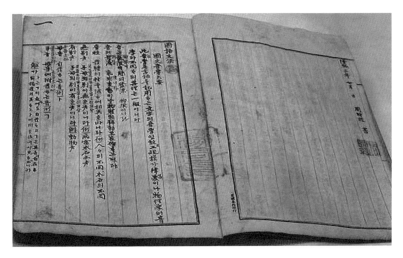
▶ 주시경 선생의 육필원고본 「국어문법」

주시경이 18세 되던 해에는 배재학당 소속의 인쇄소 잡일을 했다. 그러면서도 학문에 대한 열정은 식지가 않았다. 그것이 곧 박세영, 정인덕 교사로부터 산술, 역사, 지리, 영어 등 신학문의 과외를 받기에 이르렀다. 그런 주시경에게 배재학당에 입학의 특전을 입어 입학을 하게 되고 드디어 23세 역사지지(地誌) 별과를 거쳐 25세 나이에 보통과를 졸업했다. 그가 배재학당에서 배우고 익힌 기량으로 그의 학문이 성숙하게 이루어지게 된 데에는 서재필과의 만남이 주요했다.

서재필과의 인연으로 독립신문 만들어

그러한 인연으로 인하여 서재필이 주관했던 독립신문의 회계 및 사무, 교정작업도 맡게 되었다. 순 한글신문 독립신문에 일을 하게 된 계기는 그의 한글 연구에 대한 집념과 열정 때문이었다.

▶ 한글전용

그런 결실이 우리나라 최초의 국문연구단체인 국문동식회를 조직하여 독립신문 안에 두게 했다. 이는 한글맞춤법통일안을 연구할 목적이었다. 주시경은 국문동식회를 대표하여 '국문론'도 투고했다. 이 국문론은 주시경의 뜻글자에 대한 소리글자의 수월성을 강조한 논서였다. 그리고 소리글자 국문을 모든 백성이 써야 할 것을 강력하게 주장했다.

주시경은 배재학당 시절, 21세 때, 비교적 당시로서는 늦은 결혼을 했다. 부인으로 김해 김씨, 슬하에는 3남 2녀가 있었다.

주시경은 배재학당을 1898년(25세)에 졸업하고 상동교회 내에 청년학원 국어강습소를 열었다. 그리고 손수 자신이 「국어문법과」에서 직접 연구 결과물을 학생들에게 가르쳤다.

강의록 교재가 「대한국어 문법」이 되어

이때 강의록 교재가 바로 「대한국어 문법」이었다. 주시경은 상동교회 국어문법과 이외에도 서울시내 각급학교, 강습소, 한글강습소,

외국인을 대상으로 한 한어연구소의 교사로서 동분서주했다. 거기에다 독립협회와 협성회의 핵심 주체로서 열성을 기울였다. 또한 독립협회 간부로서 독립신문의 간행에 커다란 공훈을 세웠다.

그는 만민공동회의 조직원으로서 정치, 교육, 사회, 문화운동에 적극적으로 가담했다. 또한 주시경의 상소로 인하여 1907년 학부 안에 설치된 국어연구소와 육당 최

▶ 주시경의 「조선어문법」

남선이 설립한 조선광문회의 공동 참여도 하였다. 그리하여 국어 연구와 학술 참여로 국어 발전에 심혈을 기울였다. 주시경은 어린 시절 가난의 굴레를 과감하게 벗어나기 위해 학문과 학술 활동에 싹을 틔었다. 아마도 그가 일제하의 국어말살이나 식민정책이 아니었더라면 다른 분야를 개척할 수 있었을 것이다. 당시로서 국가적 사명이 말과 글을 수호하고 독립을 하는 게 국가적 국민적 지상 최대의 목표였다. 이 목표를 실현하기 위해서 1908년 이래 상동 기독교청년회관 안에 국어강습소를 비롯 청년학원, 공옥학교, 이화·숙명·진명·휘문·배재 등 20여 개의 학교와 야외 강습소에 출강하여 국어문법을 강의했다.

▶ 주시경 한글사전 원고본

1911년부터는 보성중학교 안에 조선어 강습원 일요강습소를 열었다. 여기에 한성사범학교, 계성보통고등학교 등 서울에 있는 청년 학생들에게 무료로 국어국문을 강의하는 한편, 민족주의 정신도 고취시켰다. 이 강습을 통하여 일제 식민지 속에서 국어학을 이끈 장지영, 김윤경, 김주봉, 최현배 등 훌륭한 제자들도 배출하였다.

1910년, 한일합방 이후로는 주시경의 민족주의 정신의 발휘는 더욱 강화되있다. 중국의 양계초가 저술한 「월남망국사」를 손수 번역·출판했다.

「월남망국사」를 교훈삼아 번역하다

그는 배재학당 시절에 믿었던 기독교를 바꾸어 대종교로 개종했다. 1913년 「조선어문법」부터는 주시경이란 이름을 한흰샘으로 개명했다. 주시경이 펼치는 민족주의는 식민지 치하에서 너무나 엄중했다. 마침내 주시경은 해외 망명을 결심하여 그 결의를 실현하기 전에 1914년 7월 27일 서른아홉의 젊은 나이에 세상을 떠났다. 그가 쓴 저술들이 제자들의 학맥으로 이루어졌다. 식민지와 분단과 혼란기를 거치면서 제자들의 연구는 계속되어 오늘날 뚜렷한 국어학의 대명

사가 되었다. 그가 쓴 논문과 저작은 이병근 교수가 작성한 목록에
보면 알 수 있다. 그가 독립신문에 게재했던 1897년 「국문론」을 비롯
하여 마지막으로 쓴 1914년 「말의 소리」 등 20여 권에 이른다. 주시
경이 왜, 민족주의 국어관이란 말을 듣게 되는가? 그 이유는 다음과
같다.

국어란 첫째, 지역공동체 둘째, 혈연공통체 셋째, 언어공동체^(말과 글)
이다. 그가 주장하는 언어의 수리가 사회 · 국가 민족의 보존 및 발전
의 지름길이라는 어문 중심의 맥을 이루어야 한다는 논리이다.

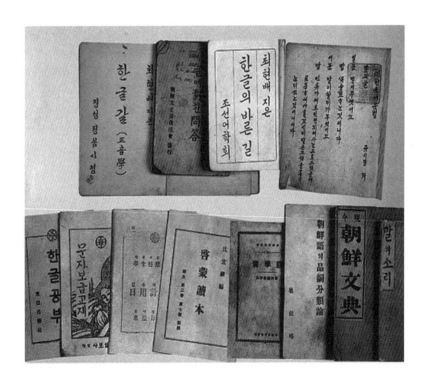

우리의 정체성을 일깨운 주시경

도시락 들고 책 보따리 들고

주시경의 말과 글의 정책은 이 땅에 만연한 외래 이론의 반성과 우리 고유의 전착이라는 점에서 괄목할 만하다.

그가 일제 식민지에서 몸으로 정신으로 버틴 찬연한 족적이 새롭게 눈앞에 선연하게 느껴진다. 한복 두루마기를 입고 손에 책 보따리와 도시락을 들고 이곳저곳 학교와 강습소를 찾아다니는 등등 우리 글과 우리 정신을 가르치는 모습이 아련하다.

혹독한 가난과 궁핍 속에서 굽힘 없는 민족적 고취는 쉴 줄 모르는 기관차가 아니던가. 오늘날 우리의 말과 글은 이런 선열들의 열정과 나라 사랑의 근원에서 이루어졌다는 사실을 잊어서는 안 될 것이다.

네 번째 이야기

숨은 예수 이명래

이명래

- 서울 출생
- 천주교 박해로 충남 아산 인주로 피신
- 한방 의술을 프랑스 선교사로부터 배워 고약 제조
- 둘째 사위 이광진에게 고약 제조법을 전수

십자가 없는 예수

기상천외의 이명래 고약을 만들다

'이명래 고약'을 창제한 이명 래 선생에 대한 글을 서둘러 써 야 하는 당위성이 몇 가지 있었 다. 이른바 '신자유주의 경제라' 는 대명사 앞에 지난날 뼈아팠 던 가난과 궁핍함이 도달해 있 었던 이 역사를 남겨야 한다는 사명에서이다. 그리고 이런 역 사를 발판으로 오늘의 대한민 국이 섰다는 선인들의 기림이 다. 이것이 두 번째 기록의 의의

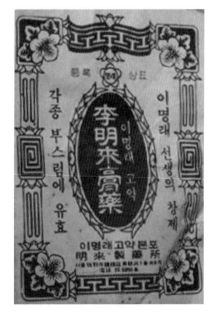

이다.

세 번째는 훌륭한 선진들의 사회적 공헌은 이념이나 정파에 의해 의도적으로 함몰이 있어서는 안 된다는 점이다. 마지막으로 우리는 올바른 기록을 남겨, 기록문화를 지켜야 한다는 점이다.

1945년의 보건적 환경은 매우 열악했다. 겨우 비바람을 피할 수 있는 초가. 거기에다 거적대기나 부들을 엮어 만든 방안에서 비위생적으로 살았다.

사람들은 몰라

그 시대에는 빈대, 이, 모기, 파리, 온갖 벌레들이 창궐하는 방안에서 먹고 잤다. 겨울 석 날간은 목욕은커녕 발목을 담굴 물이 꽁꽁 얼어 있었다. 가난한 나라의 처참한 민중들의 삶이 더러 TV에 소개되곤 했다. 그와 같은 처지의 대한민국의 40년대와 전후의 50년대 국민들의 삶은 오늘날 외양간에 갇혀 있는 소보다도 비위생적이었다.

지금의 소나 돼지는 소독을 자주하고 위생적인 시설로 짐승으로의 권리를 누리고 있다. 금석지감이 든다. 대체로 전후에 학교에 가면 학생들의 머리는 이른바 기계충이란 피부병을 앓는 모습이 달덩이 같았다. 그런가 하면 학생들의 종아리에 여기저기 종기 난 자리에 고약이 붙어 고름을 빨아내는 처참한 모습이었다. 이는 오늘의 후진국 유니세프 모금 선전용 아이들 모습과 별로 다르지가 않았다.

아, 참으로 고마운 당대의 '이명래 고약'은 구원의 천사였다. 이명

래 고약은 종기의 치료를 위해 이명래 자신이 연구에 연구를 거듭한 결과 발명한 고약이다. 비위생적인데다 영양결핍과 주변 환경의 열악함으로 종기가 창궐하였던 시대. 이런 모습을 딱하게 여긴 이명래는 드디어 고약이란 신약을 창제하기에 이르렀다. 애초에 이 고약은 서울 중림동에 본사를 두고 경영했다. 그러다가 서울 종로 관철동 5-8에서 생산, 판매한 것으로 설명서에 기재되어 있었다. 이 설명서에는 오늘날 우리가 사용하는 제약 설명서보다도 더욱 자세하게 기록되어 있다. 성분, 특징, 효능, 용법, 용량 등이 자세한 것은 그만큼 사용자를 위한 서비스 정신이다.

　필자가 조사한 바에 의하면 이명래 제약소의 주인은 고려대 총장을 지낸 유진오의 사위이다. 그가 바로 이용재.

　이용재 씨는 56년, 당시 보사부 허가를 받아 고약만을 제조했다. 전국의 약국을 거래처로 하여 연간 70만 포에서 80만 포 가량의 매출을 올렸다고 전한다. 당시 금액으로 환산하면 1억 원에 가까운 실적이다. 암울한 시대, 궁핍한 시대, 불량한 보건 시대, 그 이름에 비하면 너무나 초라한 실적이었다.

점차 판매량이 줄어든 이유

　그러나 우리의 피부에서 발생하는 종기를 씻은 듯이 낫게 했던 고마운 이명래 고약은 초창기의 선풍적인 인기에 비해 점차 약국의 판매량은 줄어들었다고 한다. 백성들의 환경적인 여건이 점차 위생적으로 바뀌고 정부의 계몽과 선도로 종기 환자는 기하급수로 줄어들었다. 여기에 의원·병원의 항생제 효과, 그리고 현대적인 의약품의 대량 보급은 이명래 고약의 사양을 재촉하는 결과를 낳았다. 하지만 이명래는 환자를 진료하고 처방하여 국민 보건에 크게 기여하였다. 이로 인하여 이 나라 청·장년들의 불치였던 종기에서 해방될 수 있었다.

　이명래의 고약은 이명래 고약 제약소와 약국 이외에서는 절대로 팔지 않았다. 그러므로 환자들과 사회로부터 신뢰를 얻은 바가 오래오래 기억될 수 있었다. 이명래 선생은 6·25전쟁 중에 세상을 떠났지만, 그들의 곁에서 약을 제조, 생산하는 비법을 배운 가족들에 의해 유지되었다.

이명래는 불운한 시대에 태어났다. 제국주의 열강들이 이 한반도를 삼키려고 눈독을 들이는 각축이 치열한 시대였다. 1890년 6월 20일 아버지 이병무 씨의 9남매 중에 장남으로 태어났다.

천주교를 신앙적 배경으로 인하여 명동성당에서 가까운 위치에 살았다. 그런데 대원군의 '척왜양이' 정책과 탄압으로 가족이 박해를 받게 되었다. 이때 외국인 신부의 은밀한 도움으로 인천에서 배를 타고 시골인 아산군 인주면 공세리에 있는 성당 주변 마을로 이사를 하게 되었다. 여기 아산에서 이명래 고약이 탄생되었던 것이다.

이명래 고약의 탄생 실화는 프랑스 선교사의 도움이 컸다고 한다. 선교사는 자연과학은 물론 물리화학에 대한 방대한 지식을 갖고 있었다고 했다. 선교사들은 선교를 위해 의술, 천문, 지리 등을 배웠는데, 그가 이명래를 통하여 헐벗고 병든 조선인들을 구제하는 고약을

만드는 데 기여했다. 머리가 좋고 신앙심이 돈독한 이명래는 그것이 성실하고 진중하면서 남을 위하는 이명래의 긍휼이 선교사 신부와 더불어 제조법, 치료법을 익히기에 이르렀다고 전한다.

복잡한 한방 의서를 익히고 임상실험을 위하여 효능이 뛰어난 고약을 드디어 완성시켰다.

환자를 진정어린 마음으로

충청도 아산에서 그 신뢰와 치유의 명성으로 성공한 이명래는 1919년 3·1만세 운동 한 해 지난 1920년 자신이 태어난 서울로 올라왔다. 용산구 청파동에 임시 거처로 삼았다가 현재의 중구 중림동

으로 판잣집을 마련하였다. 이곳에서 정성껏 고약을 제조하고 환자들을 알뜰살뜰 돌본 덕분에 환자의 입에서 입으로 소문이 났다. 한국의 혼란기에 암처럼 번지던 종기는 이명래 고약의 처방으로 숱한 사람들을 질병으로부터 해방시키는 결과를 가져왔다. 이렇게 하여 이명래 고약이 매일 3백에서

적게는 2백여 명의 환자들에게 재생의 삶을 살게 했다고 그의 친족 후계자들이 힘주어 강조했다.

그럼 '이명래 고약'이 이처럼 많은 사람들에게 건강과 치유를 하게 만든 이명래의 정신은 바로 아버지에게 영향을 받았다. 그의 아버지는 크리스천으로서 남을 돌보고 최선을 다하라는 생활 목표의 실천이었고 그의 신앙적 가톨릭이 가미된 휴먼한 삶의 실천이었던 것이다. 세례요한이란 세례교인으로서 밤을 낮 삼아 처방과 사랑을 실천했다.

지금은 아득한 이야기

지금은 아득한 옛이야기가 되었지만 그의 처방으로 이 땅의 기성 세대는 종기에서 낫는 신비한 체험을 했다. 이명래는 신자로서의 책임과 정성의 결과였다.

그러나 당시로서는 이명래, 당신은 의사 면허나 약종상 자격증도 없이 환자를 돌보고 약을 팔았다는 것은 일제 식민지 치하에서 아이러니한 일이다. 그러나 조선총독부에서도 이명래 고약의 효험에 놀랐다는 사실이 경성일보에 게재되기도 했다. 일제는 이명래 고약의 비위생적인 데 놀랐고, 약의 효험에 놀랐고, 치료비가 지나치게 저렴하다는 데 놀랐다는 것이 신문에 기록되기도 했다.

이명래 자신이 의사 면허나 처방 자격증을 취득하지 않은 것은 식민지 일본인들로부터 그 자격을 받지 않겠다는 정신의 일환이라 했다. 그러나 이명래는 해방 뒤 미군정 하에서 의사로서 의사 면허증을 받게 되었다.

프랑스 신부로부터의 물려받은 비방과 임상 지식, 그리고 경험으로 이명래는 더욱 훌륭한 의사로 알려지게 되었다. 그러나 이명래는 개인적으로는 행복했다고 할 수가 없다. 첫째 부인과의 사별, 그리고 딸 하나뿐이었다. 둘째 부인 천주교 신자 박말다 사이에서 아들 둘, 딸 둘을 낳았다. 그러나 아들 둘은 일찍이 어려서 세상을 떠났다. 그럼으로 사위에게 가업을 물려주고 처방전의 비결까지 전수시켜 고약 제조법도 가르쳤다고 한다.

이명래 그는 1952년 1월 6일 그의 의사로서 명성과 인기가 치솟을 때 세상을 떠나게 되었다.

페니실린, 항생제, 다이아진 소염제가 그 후 이 땅에 밀물처럼 들이닥쳤지만, '이명래 고약'은 종기에 고생한 환자들에게는 고마운 이름이고 오래오래 그 이름과 함께할 것이다.

다섯 번째 이야기

부자로서의 격을 갖춘 박승직

박승직

- 경기도 광주 출생
- 부상(負商)으로 출발
- 종로 배오개에서 '박승직 상점' 개점
- 한 · 일 최초 투자회사 설립 '공익사'
- 한성상업회의소 상임위원으로 선출
- 경성곡물산업주식회사 설립
- 소화기린맥주주식회사 출자

거부로서의 요건을 잘 갖춘

기업의 불모지에서 시작

솔직히 말해 근대사는 수많은 시련과 고통과 수치와 슬픔이 범벅된 역사이다. 외세의 잦은 침략과 일본 식민지, 그리고 6·25전쟁과 좌우의 이념 대립과 투쟁 등… 이러한 혼란이 거듭되는 과정 속에서 제대로 된 기업이 별로 없었다는 게 우리 근대 상업사의 아픔이다.

그러나 그러한 악조건 속에서도 부산, 인천, 원산 등 개항이 시작되면서 근대적 성격의 형태를 지닌 민간 상점이 생겨났다. 이어 1890년에 이르러 이른바 제조업 분야의 회사들이 여기저기에서 생겨났다. 그러나 내우외환의 질곡 속에서 온전한 기업들이 오래 지속되지 못했다. 특히 식민지 착취와 6·25전쟁은 이 땅을 초토화시켰다. 그러나 기업이라는 것은 50년, 100년 단위로 역사와 전통을 안고 성장한다. 그러면서 기업은 사회에 기여하는데 우리 근대 상업사에서 이

러한 사례는 찾아
볼 수 없어 안타까
운 일이다.

▶ 1896년 8월 1일 박승직 상점 개점

하지만 계열과
세대를 아우르는
것이 역사라면 우
리나라 두산그룹
은 가장 오랜 기원을 지닌 기업이라 할 수 있다. 오늘날 두산(斗山)이
란 사명(社名)은 박용곤 전 회장의 부친 박두병 씨 대에서 명명되었다.
하지만 거슬러 올라가면 1896년 조부(祖父) 박승직께서 서울 배오장터
에서 서른세 살의 나이로 문을 연 '박승직 상점'이 시작이다. 그러므
로 명실공히 두산그룹은 한국 상업사 맨 처음의 자리에 놓여지는 셈
이다.

한국 상업사의 효시 '박승직 상점'

두산그룹의 시조 박승직은 보부상 출신이다. 즉 부상(負商)을 해서
기반을 잡았다고 한다. 그 기반으로 포목전을 개점하였고 그로인하
여 많은 돈을 벌어 짧은 기간에 거상이 되었다고 한다.

박승직은 식민지 시대에 금융과 유통업에 복합된 기업체를 확대하
여 일약 상계(商界)로 도약을 하였다. 아울러 1950년대 이후에는 재벌
다운 기틀도 구축했다.

박승직 씨가 개점한 포목점은 현재의 종로 4가에서 동대문 사이에
걸쳐 있었다. 당시의 포목점들은 시내 세종로의 보신각에서 광교통
에 집중해 있었다고 한다. 그러나 이 포목점들은 당시의 양반 계층
이나 귀족들이 모여드는데 반해 배오개 포목점에는 조선인들을 대
상으로 하는 전통적인 시전이었다.

삼남 지방의 물산을 집산하다

그러므로 물산들이 활발하게 거래되는 곳이었다. 삼남 지방에서
들어오는 곡물, 청과, 포목, 잡화, 수산물들이 주로 이곳으로 집산되
었다. 그런 요지인 박씨의 포목전이 배오개시장 사거리 즉, 사람들이
근접하기 쉬운 곳에 위치해 있어 사람들이 많이 모여들었고, 또한

부자로서의 격을 갖춘 박승직

많이 팔았다고 한다.

서른세 살 때, 그가 연 포목점의 앞은 늘 깨끗하였고 주인은 손님이 어떤 물건을 선호하는지를 파악했다는 것이었다. 그리고 언제 보아도 친절하였고 오가는 사람들에게 칡뿌리 차를 대접했다고 전해진다.

이것은 현대적 상업 모델로 축약하면 상점 안팎이 청결하였다는 것, 타 점포보다 위생시설을 설치한 디스플레이가 되었다는 것, 그리고 수요자들의 계층과 그들의 색채 심리를 파악했으며, 셋째로 남에게 친절하려는 태도와 지혜가 덕목의 중심으로 여겨진다는 점이다.

당시의 상업으로 부자가 된 상인들은 정도의 차이는 있지만 공통적인 점이 일인(日人) 자본으로 거드름 떨던 모습이었다고 할 수 있다. 이는 지금도 마찬가지로 적용된다. 상점이란 신선도가 높고 위생적이면서 값이 저렴하며 양도 많다면 수요자들이 어디로 가겠는가?

광주 이매리에서 태어나다

박승직 씨가 태어난 곳은 경기도 광주군 이매리이다. 이매리라는 마을은 '임의실'이라는 곳이었다. 이 임의실 마을에서 박승직 씨의 집은 양반가의 몰락한 선비집이라고 전해졌다. 그러니 먹고사는 일이 궁핍하여 장사로 나서지 않을 수가 없었다고 한다.

가족들은 많고 땅뙈기 하나 반반한 곳이 없으니 그냥 앉아서 굶을 수가 없었다고 전한다. 그래서 장삿길로 나선 1885년, 그의 나이

22세 때였다. 비록 젊은 나이였지만 그가 식구들을 먹여 살려야 했기에 집에서 삼십 리 길, 서울 한강 송파나루에 드나들면서 장사 기술을 익혔다고 한다. 광주에서 삼십 리 길이면 지금으로서는 가까운 길이지만 교통수단이 열악한 당시로서는 아득히 먼 길이라 할 수도 있다.

이 송파나루 장터를 중심으로 충청 내륙, 그리고 강원 영서지방의 장터를 순례했을 것으로 추측된다. 지게에다 걸머졌거나 조랑말 허리에 우뚝 솟아나게 싣고 소롯길을 촐랑거리면서 걷는 모습을 상상하면 애처롭기까지 하다. 새벽별이 쏟아지는 산등성이 거친 자갈밭

부자로서의 격을 갖춘 박승직

을 지나 장사 몫이 좋은 곳이면 밤낮을 가리지 않고 먼길을 재촉하여 길을 나섰던 나그네 장사꾼. 장사를 쉬는 날이면 할아버지에게 한문을 익혔거나 집안 어른들의 가전을 수십 번씩 외우는 것이 공부였다.

천성이 부지런하고 총명한 박승직 씨는 나이에 비해 어른스럽고 힘이 센 탓에 큰 장사꾼을 따라 경상도나 전라도 평안도까지 경계 없이 넘나들게 되었다. 거기에다 포목이 특산지로 이름 높던 경상도 의성, 전라도 강진과 나주를 드나들면서 도맷값으로 무역을 하였다. 그때의 교통은 산길, 뱃길의 거친 발걸음이었지만 나와 가족이 살기 위해서는 젊은 날에 몸을 아껴서는 절대로 안 된다는 신념이 샘솟았던 깃이다. 이렇게 함으로써 박승직 씨의 포목점은 물건 좋고 싼값이라서 날로 날로 구매자의 입소문이 퍼져 나갔던 것인데, 거기에서 동력을 얻은 장삿길은 재미가 있었다.

개항으로 상업 판도가 바뀌다

그런 가운데 조선은 개항과 더불어 상업도 대거 변환기를 맞이하게 된다. 수작업으로 짜여진 면포들은 기계로 짠 수입 면포가 들어오면서 값싸고 질 좋은 상품으로 국내 시장을 뒤흔드는 일대 사건이 일어나게 되었다.

이러한 시장 변화에 박승직 씨는 가만히 앉아서 구경만 하지 않았다. 부지런하고 지혜로운 그가 젊은 나이답게 빠른 걸음으로 영국산, 일산 수입 면을 직접 수입하여 수요자에게 박리다매로 제공하였다. 그리고 각 중요 거점에 대리점도 열었다. 이처럼 발 빠른 박승직의 사업 수완은 값싸고 질 좋은 상점으로 입소문이 났다. 이토 통감을 비롯, 조선은행 총재는 "조선의 포목상 백윤수와 박승직은 유망한 사업주임으로 이는 육성하라."는 특별지시까지 있었다고 전해졌다.

이렇게 몰락한 선비 집안에 젊은 나이의 박승직은 상업 수완도 뛰어나고 사람을 대하는 처세술로 드디어 관직으로 진출하는 기회가 생겨났다. 드디어 1900년, 성진 감리서 주사로 출발하였다. 그러나 박승직 씨는 여기에서 그치지 않고 1906년에는 중추원 의관으로 임명되었다.

일본 제국주의자들은 을사조약 체결 이후 금융·화폐 정책을 정리하면서 식민지 정책을 본격화하였다. 이에 백동화, 대한제국 시대의 화폐를 일본의 원화로 교체하였다. 일본의 화폐개혁 조치로 대소의 산업과 상사 그리고 회사들은 모조리 도산하였다.

하늘이 무너져도 솟아날 구멍이 있다는 속담이 있는 것처럼 박승직 씨는 낙담하지 않고 새로운 활로를 열었다. 연쇄도산하는 주위 상점과 회사를 살리기 위한 자구책으로 박승직은 동대문 시장 자본금 7만 8천 원으로 동대문 시장, 즉 관리회사인 광장주식회사를 재빠르게 설립하였다. 박승직은 이 회사의 대주주 취체역에 선임되었다. 이 주식회사는 대표이사는 바뀌어 가도 오늘까지 존속되고 있다고 한다.

부자로서의 격을 갖춘 박승직

1906년, 1월에 우리 기업가들이 뭉친 최초의 경영인 그룹인 '한성상업회의소'가 창설되었다. 물론 발기인의 중심은 박승직 씨였다. 1909년 발기인이었던 그는 상인의 대표로 피선되었다. 한성상업회의소는 회원사들의 자금난에 숨통을 트기 위하여 탁지부에 구제금융으로 3백만 원의 자금을 요청하였으나 통감부는 이를 승인하지 않았다.

당시 우리 조선은 일본 상인의 세상이 되어 버렸다. 수입 의존도가 높은 면직물에서 일본인들이 폭리를 목적으로 판매 동맹센터를 결성하였다. 그들의 제품인 면직물을 쓰게 하기 위하여 면포 수출을 독점하기도 하였다. 이에 따라서 일본산 수입 직물의 가격이 폭등하

기도 했다. 드디어 1907년 박승직 씨는 42명의 동대문 포목상을 비롯한 일본인 무역업자들과 합자회사인 '공익사'를 창설하고, 초대 이사장에 선출되었다. 우리나라 최초의 합자회사로 이 '공익사'를 들 수 있다.

이 공익사는 일본의 고바야시 회사를 통하여 일본 각 지방의 면사를 수입하여 판매함으로써 발전을 거듭

했고 이어 1914년 즈음에는 자본금이 자그마치 만 원에 가까운 주식 회사로 거듭나게 되었다. 아무튼 박승직 씨는 일본인 주주들의 횡포를 견제하면서 그들의 무단 권력을 제한한다는 각서까지 받아내는 등 부단한 노력을 해냈다.

이러한 처지 속에서 공익사는 시대적인 흐름에 편승, 평양, 해주, 개성, 중국의 봉천, 장춘, 목단강, 하얼빈 등에 각각 지점을 설치하여 관리감독하였다. 주로 수입에는 직물과 석유였고 질 좋은 쌀, 콩, 쇠, 가죽을 해외에 수출하기도 하였다. 박승직 씨는 한산, 서산, 유구, 공주 등 저포 산지에 직접 들어갔다. 이어 수공업에서 한발 앞서 거금 30만 원을 들여 개량 저포를 생산 협약하였다.

특히 당시의 화제가 되었던 쇠가죽 가공법을 숙지시키기 위하여 수백여 명의 도살자들을 명월관으로 초청, 수련회도 열었다. 이런 상황 속에서 일본은 전시체제로 바꿔 갔다. 면직물 배급제를 실시하게 됨으로 '공익사'는 드디어 유명무실, 무력하게 되었다. 따라서 박승직 이사장도 사임하게 되었다. 박승직의 동대문 시장 곡물상이자 정미업소인 '공신상회'를 개설하고 업종을 직물에서 곡물로 확장하였다. 드디어 자본금 1백만 원으로 일본인들이 세운 '경성곡물산업주식회사'에 유일한 한국인으로 참여하여 곡물시장 유통을 안정화시켜 곡물로 백성에게 장난치는 길을 막는 애국심을 발휘하기도 했다.

당시로서는 먹고 입는 것이 가장 중요하다고 생각하는 그가 이제 거상으로서 지혜를 가졌음을 확연히 알 수가 있다. 박승직은 부상으로 출발 '한성상업회의소', '경성포목상조합', '직물상공조합', '경성상공협회' 직임도 맡아 봉사해 왔다. 1919년 고종 황제 장례식과 1926년 순종 황제 장례식에는 '상민봉도단장'을 맡았다.

박승직 씨의 두드러진 사업 가운데 1920년대를 장식했던 화장품 '박가분'이다. 사실은 박가분은 박승직 씨의 부인 정씨가 개발하여 생산한 분이라고 전한다.

이 박가분은 1915년 경향 각지를 떠돌아다니던 방물장수를 통하여 전국으로 퍼져 나갔다. 한때는 홍보용으로 면포를 사 가는 수요자들한테 박가분을 선물로 건넸던 것이다. 그러던 박가분은 1918년 특허국으로부터 허가를 얻었다. 그러므로 박승직 씨의 포목상보다도

▶ 경성상공협회 결성 사진

더 유명해졌고 상표등록으로 근대의 당당한 화장품 제조업체로 자리잡게 되었다. 당시 박가분 제조본포에서는 여직원을 대거 채용하여 30여 명이 되기도 했다.

이러한 장안의 신선한 화제와 더불어 화장품 업체가 늘어나 정가분, 설화분, 자두분 등이 등장했다가 사라지기도 했다. 이 '박가분'은 한때 20개들이 한 상자 5백여 개씩 팔려 나갔다고 기록되어 있다. 이 박가분은 식민지 시

▶ 우리나라 최초의 화장품 '박가분'

대에 박승직 상점 불황기에 든든한 에너지로 돈줄이 되어 주었다. 그러나 1920년대 일본의 고급 화장품의 공격적인 판촉으로 재래 화장품은 사양길로 접었다. 총독부에서는 재래의 우리 화장품은 납성분과 유독성이 포함되어 있어 사람들의 피부에 치명적이라는 의도적인 발표에 1937년 폐업하기에 이르렀다.

또한 두산의 대표 기업이라 할 OB맥주는 1933년 '소화기린 맥주'로 출발했다. 이는 일본 소화기린맥주 자회사 격으로 창업되었다. 이 조선인 주주는 박승직 씨 외에 김연수 씨가 참여했다. 그리고 소화기린은 해방 후에 미군정청 관청에 납품하게 되었다. 정부에 수납하고 나서 동양맥주로, 1952년에 완전 민영화로 바뀌었다.

참신한 아이디어, 한국 화장품의 효시가 되다

박승직이 주주가 되어 있던 관계로 그의 아들이 미군정 이래 대표를 맡았다. 동양맥주는 승승장구, 알콜 수요에 따라 두산기업을 탄탄하게 하는 기업으로 국내 굴지의 기업이 되었다. 박승직 씨의 가훈은 생전에 아들들에게 정치에 간여하지 말라고 기록되어 있다고 전한다. 그렇다. 정치란 반드시 격랑을 만나게 돼 있다. 후원자도 있지만 때론 정적이 빼어든 칼날에 산산조각이 날 수도 있다.

두산 일가의 성공과 국가 기여도는 대를 이어 오면서 더욱 발전하여 자랑스런 오늘에 이르고 있다.

여섯 번째 이야기

얼룩배기 황소를 고향의 추억으로 정지용

정지용

- 충북 옥천 출생
- 휘문고등보통학교 중등 과정 이수
- 일본 유학
- 이화여대 교수 역임(문학 및 라틴어 강의)
- 김영랑·박용철과 함께 시문학동인 참여
- 경향신문사 주간
- 6·25 때 납북되었다고 전함

영원한 고향의 시인, 고결한 시인

한국인의 삶이 녹아든 서정적 시어

1988년 당시부터 초·중·고를 다닌 한국 사람 이라면 정지용 시인을 모를 리 없다. 또한 가수 이동원, 박인수가 부른 〈향수〉는 한 번 들으면 자 연스레 흥얼거리게 된다. 그만큼 정지용 시인의 시에서 풍기는 서정적 시어와 정서에 한국인의 삶  이 녹아 있다. 타향살이를 하는 사람뿐만 아니라 마음속 고향과 추 억의 향수를 떠오르게 하여 한국인의 문화와 정서를 고스란히 담아 낸 시인이다.

넓은 벌 동쪽 끝으로
옛이야기 지줄대는 실개천이 휘돌아나가고
얼룩백이 황소가

얼룩배기 황소를 고향의 추억으로 정지용

해설피 금빛 게으른 울음을 우는 곳
—그곳이 차마 꿈엔들 잊힐 리야
질화로에 재가 식어지면
비인 밭에 밤바람 소리 말을 달리고
엷은 졸음에 겨운 늙으신 아버지가
짚베개를 돋아 고이시는 곳
—그곳이 차마 꿈엔들 잊힐 리야

흙에서 자란 내 마음
파아란 하늘빛이 그리워
함부로 쏜 화살을 찾으러
풀섶 이슬에 함추름 휘적시던 곳
—그곳이 차마 꿈엔들 잊힐 리야

전설 바다에 춤추는 밤물결 같은
검은 귀밑머리 날리는 어린 누이와
아무렇지도 않고 예쁠 것도 없는
사철 발 벗은 아내가
따가운 햇살을 등에 지고 이삭 줍던 곳
—그곳이 차마 꿈엔들 잊힐 리야

하늘에는 성근 별
알 수도 없는 모래성으로 발을 옮기고,
서리 까마귀 우지짖고 지나가는 초라한 지붕
흐릿한 불빛에 돌아앉아 도란도란거리는 곳
——그곳이 차마 꿈엔들 잊힐 리야.

_〈향수〉 전문

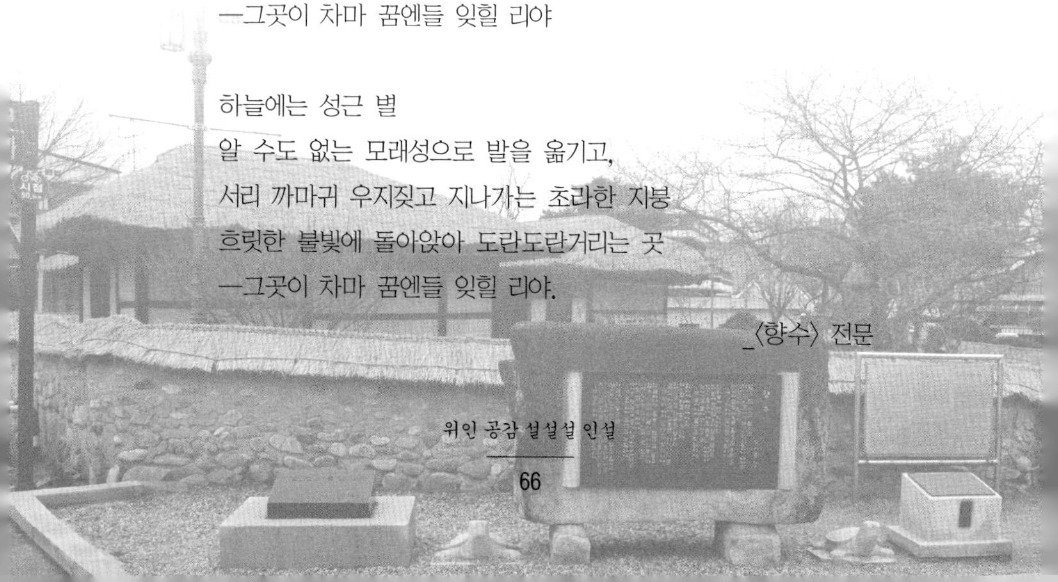

정지용의 본관은 연일(延日)이
며 충청북도 옥천(沃川)에서 출생
했다. 아명(兒名)은 태몽에서 유래
된 지용(池龍)이고 세례명은 프란
시스코(方濟角)이다. 가끔 '지용'으
로 작품을 발표했을 뿐이며, 여
타의 아호(雅號)나 필명은 없다. 고
향에서 초등 과정을 마치고 서울
로 올라와 휘문고등보통학교(徽文
高等普通學校)에서 중등 과정을 이수

했다. 그리고 일본으로 건너가 경도(京都)에 있는 도지사대학(同志社大學)
에서 영문학을 전공했다. 귀국 후 곧바로 모교인 휘문고등보통학교
영어 교사로 근무하다가 8·15광복과 함께 이화여자대학교 문학부
교수로 옮겨 문학과 라틴어를 강의하는 한편, 천주교 재단에서 창간
한 경향신문사의 주간을 역임하기도 했다. 그리고 무슨 까닭인지 확
인된 바 아니나, 이화여대 교수직과 경향신문사 주간직은 물론, 기
타의 공직에서 물러나 녹번리(현재 은평구 녹번동)의 초당에서 은거하다가
6·25 때 납북된 뒤 행적이 묘연한 것으로 알려져 왔다. 그런데 평양
에서 발간된 통일신보(1993. 4. 24.~5. 1./5. 7.)에 가족과 지인들의 증언을 인
용해 정지용이 1950년 9월경 경기도 동두천 부근에서 미군 폭격에
의해 사망했다는 기사를 보도하기도 했다. 그의 행적에 대한 갖가지

추측과 오해로 그의 유작의 간행이나 논의조차 금기되다가 1988년
도 납·월북 작가의 작품에 대한 해금 조치로 작품집의 출판과 문학
사적 논의가 가능하게 되었다.

좋은 친구로 인하여 반석에

정지용의 시단 활동은 김영랑(金永郞)과 박용철(朴龍喆)을 만나 시문학
동인에 참여한 것이 계기가 되어 본격화된다. 물론 그 이전에도 휘
문고등보통학교 학생 시절에 요람동인(搖籃同人)으로 활동한 것을 비롯
하여, 일본의 유학 시절『학조』,『조선지광』,『문예시대』등과 경도(京
都)의 도지사대학 내 동인지『가(街)』와 일본시지『근대풍경(近代風景)』(北原
白秋 주간)에서 많은 작품 활동을 하고 있었다. 정지용의 이런 작품 활

동이 박용철과 김영랑의 관심을 끌게 되어 그들과 함께 시문학동인을 결성하게 된 것이다. 그리고 그의 첫 시집이 간행되자 문단의 반향은 대단했다. 그를 모방하는 신인들이 많아 '지용의 에피고넨(아류자)'이 형성되어 그것을 경계하기도 했다. 아무튼 그의 이런 시적 재능과 활발한 시작 활동을 기반으로 상허(尙虛) 이태준(李泰俊)과 함께 『문장(文章)』지 시 부문의 고선위원(考選委員)이 되어 많은 역량 있는 신인을 배출하기도 했다.

정지용은 시어를 고르고 다듬는 데에 많은 노력을 기울인 시인으로 평가받고 있다. 특히 일상에서 흔하게 사용되지 않는 고어나 방언 등을 시어로 선택하여 폭넓게 사용하였다. 또한 일상언어를 자신만의 독특한 언어로 변형시켜 시어로 사용하였다. 이렇게 시어 구사에 있어서 탁월한 감각을 가지고 있는 한편, 시의 형식에서도 2행 1연으로 된 단시형의 시나 우리의 산천을 기행하고 지은 장시(長詩)를 즐겨 썼다.

고향에 고향에 돌아와도
그리던 고향은 아니러뇨

산꿩이 알을 품고
뻐꾹이 제철에 울건만

마음은 제고향 진히지 않고
머언 港口로 떠도는 구름

얼룩배기 황소를 고향의 추억으로 정지용

69

오늘도 메끝에 홀로 오르니
흰 점 꽃이 인정스레 웃고

어린 시절에 불던 풀피리 소리 아니 나고
메마른 입술이 쓰디쓰다

고향에 고향에 돌아와도
그리던 하늘만이 높푸르구나.

_〈고향〉 전문

자신만의 독특한 언어로 정상에 서다

정지용이 남긴 시집으로는 1935년 10월 시문학사에서 낸 「정지용 시집」과 1941년 9월 문장사에서 간행한 「백록담」이 있다. 이 밖에도 1946년 6월 을유문화사에서 펴낸 「지용시선」이 있으나 이 시집은 박두진이 「정지용 시집」과 「백록담」에서 25편을 뽑아 만든 것이라고 알려져 있다. 따라서 그의 시는 위의 두 권에 실린 122편과 그 밖의 20여 편이 전부라고 할 수 있다. 주요 작품으로는 〈향수〉, 〈넷니약이 구절〉, 〈카페 프란스〉, 〈무서운 시계〉, 〈고향〉, 〈유리창〉, 〈또 하나 다른 태양〉, 〈구성동〉, 〈백록담〉, 〈인동차〉 등이 있다.

일곱 번째 이야기

청빈한 공직자 류성룡

서애 류성룡

- 조선시대 청빈한 공직자(지금으로 본다면 국무총리급)
- 자녀 교육을 인격 수양과 독서에 정진
- 자손들을 줄줄이 과거에 급제하도록 교육
- 인재양성론을 펼침
- 임진왜란 때 이순신을 전라좌수사로 강력 추천
- 권율 장군을 승진 파격 인사
- 66세로 세상을 떠남

청빈한 공직자

편지로써 자녀 교육에 열정을 쏟다

서애(西厓) 류성룡(柳成龍, 1542~1607)은 조선시대 대표적인 청빈한 공직자였다. 그는 임진왜란 전후의 국권 혼란기에 영의정을 지냈다. 오늘의 관직으로 비교하면 그는 국무총리급에 이른다. 그런 위치에 있던 서애는 국사는 물론, 가정의 자녀들에게 편지를 통하여 교육을 지속적으로 독려하는 내용이 담긴 서찰이 두드러지게 보인다.

그의 자녀들 중 두 아들을 사찰에 보내어 학문과 인격 수양을 정진하게 했다. 일종의 집중력을 잃지 않기 위한 한 방법으로 보인다. 오늘날로 비교하면 독서실이나 아니면 고시원쯤으로 이해하면 될 것이다.

그런 고위직에 있는 서애 류성룡은 두 아들의 공부에 정진을 위하여 격려하고 다독였던 아버지의 심경은 그의 글을 통해 볼 수 있다. 그 글 속에 어려 있는 부정(父情)은 근엄하면서도 애틋함과 사랑이 담겨 있다.

서애는 절간에 맡겨져 학문 정진하고 있는 아들에게는 퇴계 시를 인용하여 공부에 임해 주기를 권고했다. 한 예로, 독일의 하이델베르그 행동과학연구소에서 동아시아의 정치적 리더가 된 50명에게 설문지를 돌렸다. 〈당신은 오늘에 있기까지에 큰 영향을 끼친 것이 무엇이었는가?〉였다. 그런데 의외의 응답자 절대다수의 부모의 사랑이었다는 것이다.

▶ 류성룡 종손가 유물

우리나라 성공한 사람들 92%가 독서를 바탕으로

그다음의 92%가 독서였다는 통계가 2009년도에 있었다. 놀라운 일이다. 이는 IT 정보기술이 발전하여 PC, 스마트폰 등이 젊은층을 사로잡는다는 것도 즉 독서에는 비할 수 없는 커다란 영향을 끼치고 있다는 증거다. 하긴 미국의 빌게이츠도 하버드 졸업장보다도 독서하는 습관의 지속성이 필요하다고 강조했다. 그리고 아무리 컴퓨터가 편리하다 하더라도 책이 지닌 그 자리를 대체할 수 없다고 고백했던 바 있다.

서애 류성룡이 아들에게 강조한 것도 독서이다. 독서 없는 청소년기는 광야를 걷는 나그네 길과 같다. 인간은 숲길을 걸어야 한다. 그 숲에는 새와 짐승과 산야초가 존재한다. 그것들이 엮어 내는 생동감 있는 사철 변화야말로 계절의 스펙트럼이다.

새소리, 물소리, 짐승 소리 거기에 철마다 피는 다양한 빛깔의 야

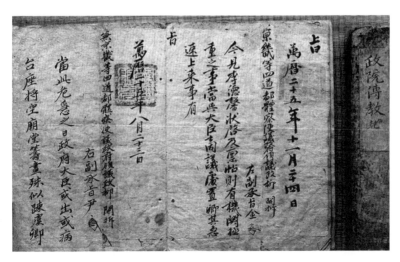

▶ 보물 제160호 류성룡 종손가 문적

생화. 이것들은 지구상에 작은 천국임을 입증하려고 온갖 존재의식을 꽃으로, 향으로, 열매로 우리에게 삶의 진실이 어디에 있는가를 증명하려고 애를 쓴다.

서애 류성룡이 적막과 고요와 풀벌레 소리가 만고강산을 뒤흔드는 절간에 형제를 보낸 것은 무슨 까닭이 있는가? 지도자에게는 홀로 있는 시간의 훈련을 겪어야만 한다는 것이다. 다시 말하면 그것은 참고 인내하는 행동을 익히는 연습이다. 선임된 정치 지도자에게는 때때로 고적하고 쓸쓸한 시간이 많다. 오죽했으면 프랑스 속담에 "정치가 고독한 영웅임과 동시에 외로움을 지닌 자."라고 했겠는가? 홀로 있음의 수련은 지도자에게 매우 중요하다. 일종의 고고함이거나 개결함의 함축된 말이 바로 자아의 발견이다.

독서는 우리에게 삶의 호흡이며, 상대방과 소통하는 하나의 방법이다. 지도자 즉, 목민에게는 무엇보다도 소통이 필요하다. 소통은 곧 우리들의 정맥에 흐르고 있는 피의 원활한 순환과도 같은 것이다.

자녀와의 소통 방법이 편지 쓰는 일이었다

이처럼 서애가 두 형제에게 수신으로 독서를 강조한 것은 우리에게 시사하는 바가 크다. 지금도 자라나는 청소년들에게 인생관을 확립하고 자아 발견을 위해서는 독서보다 중요한 것이 없다.

서애는 청송부사를 지냈던 김홍미의 편지 글을 보곤 "자제분들이 글 쓰는 바 자못 향상되었습니다."라고 쓴 데 대하여 반론을 제기

하면서 "나는 크게 향상된 바를 모르겠다… 너희들은 아직도 젖비린내 나는 모양을 하고 있으나 그렇다고 하여 스스로 몹시 비루하고 약해져서 다른 사람의 비웃음을 사서는 아니 될 것이다."라고 이야기했다.

이는 준엄한 꾸짖음이다. 그러나 그 속에 자녀의 사랑의 근본인 건너뛰기식 교육을 지양하고 정도를 행해 가라는 준엄한 가르침이 행간에 구구절절이 배어 있음을 볼 수 있다.

서애의 이러한 학문과 사상은 퇴계에서 전수된 정신이다. 사람이 되기 위해서는 누구에게 배웠느냐가 중요하다. 세월이 흘렀지만 지금 좋은 학교란 바로 좋은 선생님과 환경을 만나기 위한 몸부림이 이 순간에도 지속되고 있다. 그래서 강남학군을 선호하고 좋은 대학에 뜻을 두고 경쟁에 경쟁을 거듭하고 있는 것이다. 그런데 다행인

▶ 보물 제160호 「구주대통력」

것은 상위권에 속한 학생들의 독서 체험이 풍부하다는 것이다.

지도자는 지도자로서의 닦아야 할 과정과 수련이 필요하다. 전쟁에 나아가서 이기고 살아남는 비결에 반드시 고된 훈련 과정이 필요하다.

지난날 과거는 곧 글쓰기 교육이었다

선조들이 과거 글쓰기를 보는 것은 작문 실력만 테스트하는 것이 아니었다. 유학에서 중시되는 사서삼경은 물론 성현들의 정신세계를 섭렵하여 이를 어떻게 활용할 수 있는 능력이 있는가를 테스트하는 것이 과거였다. 이는 목민관이 갖춰야 할 소양을 평가하는 것이기도 했다.

서애 류성룡은 당근과 채찍을 적당하게 조화시켜 아들 교육에 임했다. 서애의 성공했던 근원은 젊은 나이 18세에 관악산 절에 들어갔다. 절간에서 짧은 기간 동안 「맹자」를 무려 스무 번이나 읽었다는 일화가 있다. 이듬해 하회 고향 마을에서 「춘추」를 서른 번도 넘게 읽었다고 한다. 읽는다는 것은 당시 표현 속에 암기라는 방식이 따라붙는다. 그 뒤로부터 서애는 과거 시험에 응하게 되었다고 전한다.

퇴계는 66세로 세상을 떠날 때까지 지필묵을 손에서 놓지 않았고 서책 또한 가까이했다. 서애를 가리켜 스승 퇴계는 "하늘이 내린 사람"이라고 했다. 그는 전란의 와중에 꼿꼿한 선비로서 「징비록」을 집필했고 총리로서 위기의 시대를 돌파했다. 이 모든 사실에서 우리는 독서와 좋은 스승 퇴계의 교육에 의한 것임을 알 수 있다.

줄줄이 과거 시험을 패스하다

"뿌린 대로 거두고 심은 대로 얻는다."는 속담이 있다. 이는 만고의 진리이다. 서애의 폭넓은 공부 즉, 독서와 수련은 이 가문의 영광을 가져왔다.

장남 류여는 장수도찰방^(長水道察訪), 차남과 삼남이 각각 세자익위사 ^(世子翊衛事)와 사헌부 지평^(持平)에 등용되었다. 서애의 장남 찰방, 그리고 류여의 장남 원지는 현감을, 류원지와 장남인 선하는 익찬을, 류선하의 장남 후상은 교관을, 류후상의 장남 성화는 현감을, 류성하의 장남이 운도 현감을, 류운의 장남 중춘은 도사를 지냈다.

탕평책을 써서 남인을 등용시켰던 정조는 류중춘과 장남 상조에게 병조판서 직임을 주었다. 종손은 아니었지만 고종 때 류후조가 우의정과 좌의정에 올랐다.

물론 국가에 공헌을 하였을 경우도 있었지만 어쨌든 노론의 정권 장악 하에서 남인의 등용 길이 막힌 당대 상황을 고려한다면 이는 9대째 대대로 벼슬에 안기는 영광의 전설을 만들었다.

서애의 인재 양성론

서애는 요즘 말로 인재를 귀히 여겼다. 그만큼 그는 사람을 알아보는 통찰력과 직관력을 지닌 인물이었다. "세상에 쌀가마니 무게는 가늠할 수 있어도 사람의 인품 무게는 가늠할 수 없다."는 속담이 있다. 그만큼 사람을 구별해 내기가 만만치가 않다는 말이다. 인재를 등용하면 만사가 해결된다는 말이 있다. 이는 사람을 가려내는 탁월한 안목이 없으면 안 된다. 이러한 차원에서 서애는 임진왜란 직전에 이순신을 강력 천거했다. 선조는 종6품 정읍 현감에서 정3품 전라좌수사로 7품이나 올려 파격적인 인사를 단행했다. 이로 인하여 설왕설래 비판적인 여론이 있었지만 서애는 대범하게 넘겼다. 결국 서애는 이순신이 왜구로부터 조선을 구할 수 있도록 인재를 등용했다는 말이다. 서애가 이순신을 천거했던 후일담은 「징비록」에 잘 서술되어 있다.

서애 류성룡은 충무공 이순신 이외에도 종5품의 판관 권율 장군도 특진시켰다. 종5품에서 정3품인 의주 목사에 파격, 기용했다. 서애의

▶ 서애 류성룡과 「징비록」

이순신과 권율의 파격 승진 인사는 조선시대를 통틀어 500년 역사상 전례 없던 일이었다.

통큰 인재 발굴로

서애의 국익을 위한 인재 등용에는 소신 있는 인사와 한 치의 잘못도 자신에게 용서하지 않는다는 의지가 있었다.

서애는 66세$^{(1607)}$ 생애를 통하여 청렴결백하게 살았다. 그가 세상을 떠나자 장례를 치룰 비용조차 없었다고 한다. 10년 동안 중앙 조정의 재상을 역임하고도 한양에 변변한 집 한 칸도 없어 전셋집을 얻어 생활했던 것이다.

24세 나이에 과거에 합격하여 영의정을 지낸 그가 중국에 사신으로 갔을 때에는 학문에 능해 그들에게 '서애 선생'이라는 공손한 호

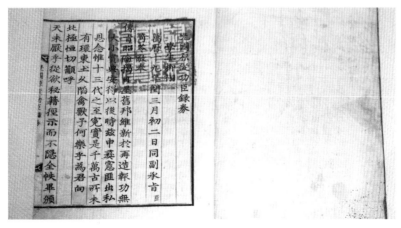

▶ 보물 제460호 「광국원종공신녹권」

칭을 받았다. 그러나 '조선시대 사관들이 쓴 인물평가'에서 임금께 직간하지 못했다는 부정적 평가도 있다. 그러나 그의 그러한 성품에 오히려 위기에 능해 임진왜란 같은 커다란 환란에 정치적 쟁점이 될 이야기를 애초에 발설하지 않았다는 긍정적인 평가도 있다.

아무튼 서애의 지혜와 통찰력이 왜군이 개미떼처럼 몰려들던 시대적 위기를 척파해 냈던 크나큰 공로자였다. 서애의 장점이 인물을 골라 쓸 줄 아는 통합과 소통이 그냥 솟아난 결과는 아니다. 그에게는 특별함이 있었다. 그것은 퇴계와 같은 스승의 가르침, 성현의 경서에서 읽었던 책 속의 지혜를 이용할 줄 알았던 명인함이다.

불우한 환경을 극복한 정약용

다산 정약용

- 조선시대 대표적인 실학자, 사상가
- 1789년 문과 급제
- 1794년 암행어사로 청렴 생활
- 19년간 경서학에 전념 학문적 체계를 완성
- 이황, 이이의 학설을 합성
- 1836년 고향에서 저술로 여생을 보냄

불우한 환경을 극복

류성룡과 퇴계를 스승으로

대한민국에서도 시대와 장소를 초월하여 변하지 않고 한결같이 사용되는 속담이 있다. 아마도 민중 속에 진리로 귀착되니 이는 분명 진리이리라.

"사람을 키우려면 서울로 보내고 말을 키우려면 제주도로 보내야 한다."

여기서 사람이란 인재를 일컬을 것이다. 그렇다면 사람은 환경과 인적 네트워크에 의해 만들어진다는 해석이 가능하다. 서애 류성룡이 퇴계를 만났기에 그처럼 훌륭한 재상으로 성장했고 청렴한 공직자로서의 삶을 살았다. 나라가 왜구로부터 쑥대밭이 되었을 터인데도 이를 극복하는 지혜와 슬기를 발휘했다. 사람은 누구를 만나느냐에 따라 인생의 향방이 결정지어지게 된다. 가령 충무공 이순신이, 권율이, 서애를 만나지 못하였다면 초야에 묻힌 한낱 졸장으로 일생을 마감했을는지도 모른다.

우리 근대사에서 다산(茶山) 정약용(鄭若用, 1762~1836)처럼 위대한 사상가요, 학자인 사람은 없다.

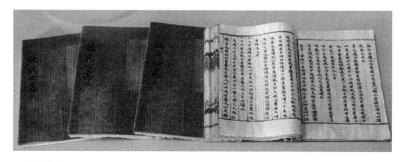

▶ 목민심서

다산이 이렇게 훌륭한 시대의 선각자로 자리매김하는 데에는 그가 실학자이자 또한 교육사상가였다는 점에 있다. 그의 교육사상가로서의 역할은 자유롭지 못한 환경이었다. 선대는 줄지어 8대째 홍문관 벼슬을 지냈다. 그러나 정작 자신은 자녀 교육에 열정을 쏟아야할 시기에 불행하게도 유배지에서의 삶을 살았다. 그것도 지척도 아닌 수백 리 밖에서 옥살이를 하는 처지에 교육이라니 참으로 어려운 현실이었다.

그러나 길은 있었다. 지금처럼 스마트폰이나 IT통신이 없는 현실에서 그의 자녀 교육은 아주 특별했다.

우리는 폐족(廢族)이다

정약용이 전라남도 강진에서 유배 생활을 하면서 보낸 편지를 인용해 보면 아래와 같다.

임술(壬戌, 1802년) 3월 초이레

너희들의 편지를 받고 마음의 위안을 얻었다. 둘째의 글씨체가 좋아졌고 글 내용도 향상된 것이 나이가 들어가는 탓인지 아니면 더 열심히 공부하고 있는 탓인지 모르겠구나. 절대로 좌절하지 말고 지극한 뜻으로 더욱 정진하여 책 읽기에 힘쓰라. 그리고 초서(抄書: 큰 책에서 중요한 내용을 뽑아서 옮겨 쓰기)나 저서 하는 일에도 행여 게으름이 없도록 하여라. 폐족(廢族: 중죄를 지어 벼슬이나 출셋길이 막힌 집안)이 글도 못하고 예절도 갖추지 못한다면 어찌되겠느냐. 보통 집안 사람보다 백배 천배 열심히 공부해야 겨우 몇 사람 즘 사람 노릇을 하지 않겠느냐? 내 귀양 사는 고통이 몹시 크긴 하지만 너희들이 독서에 정진하고 몸가짐을 올바르게 하고 있다는 소식만 들리면 근심이 없겠다. 큰애가 4월 보름께 말을 타고 온다 하였지만 이별할 괴로움이 벌써 앞서는구나.

거덜난 폐족이 교육으로 성공

　주위에서는 뿌리 있는 명가의 가문으로 이름이 나 있지만 다산의 형제들은 천주교를 믿어 이를 탄압하는 사건으로 인하여 가문은 문자 그대로 풍비박산되었다. 속된 말로 거덜난 집안이었다. 그런데도 다산은 교육만이 자식이 살 수 있다고 굳게 믿었다. 그래서 자유롭지 못한 위리 안치의 환경 속에서 서신으로의 교육을 시켰다. 그래서 보내는 편지로 학업을 권면했고 그것만이 폐족이 된 가문을 일으키는 일이라고 강조했다. 그런 애틋하고 위엄 있는 교육이 평상시의 자유로운 환경 속에서 아들에게 보내졌다면 고향에 있는 자제들에게 큰 울림은 되지 못했을 것이다. 그러나 기약 없는 세월, 옥중의 편지는 어떤 운명에 놓일지 모르는 처지이기에 아들에게는 실행할

▶ 다산 정약용이 세상을 뜨기 6일 전에 쓴 편지

수밖에 없는 처지에 놓였다. 그래서 이러한 숱한 편지를 써서 교육을 시켰다. 언제까지 무슨 책을, 그 책의 개요를 정리하여 보내라는 자상한 훈계의 가르침은 어떤 교육의 효과보다 컸다고 할 수 있다. 그 핵심 내용을 간추려 열거한다면 다음과 같다.

> 첫째로 한양 도성 안에서 문명 세계를 접해야 된다는 것.
> 둘째는 자기 구원의 길은 책을 읽고 그 내용에 적극 실천할 것.
> 셋째는 재물을 올바로 나누는 것이 모으는 것보다 더 유익하다는 것.
> 넷째는 검박하여야만 주위에선 공감을 얻을 수 있는 사결(四訣)을 강력히 요구했다.

난세에 처한, 영어의 몸인 자신은 자식에게 교육시킬 수 있는 최선의 방법으로 당시로서는 책이 가장 중요한 수단이었다. 인간의 내면을 알차게 하고 인격을 수양하는 도구로서는 자신이 손수 겪은 바 있는 '독서'였다.

당시로서는 과거제도가 경서의 내용 파악과 그것을 인용하여 나의 강력한 내적 자아를 드러낼 수 있는 도구는 공부뿐이었다.

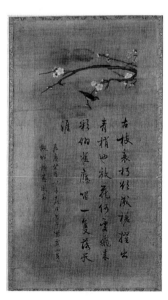

▶ 의증종혜포옹매조도

자신이 걸어왔고 확연한 출셋길은 책이 아니곤 당시에 어림없는 일이었다. 그러니 강력한 독서가 필요하다고 인정했으리라. 예나 지금이나 수도 서울에는 훌륭한 인재와 값진 서책을 지닌 인물 호걸이 많았다. 그들은 보고 행적을 익히는 것만으로 그것은 유익한 일이었다.

강력한 힘이 독서가로서 성공

재물을 나누는 것은 피를 나누는 것과 같은 효과가 다산에게는 있었다고 느꼈을 것이다. 세상에 돈처럼 쉬이 없어지고 그 덧없음이 구름 같다는 자신의 생각이었으리라. 그것이 자식들에게 요구하는 강력한 주문이었고 지상명령이었다. 예나 지금이나 쓰러지는 인재들이 거의 돈에 눈이 어두워짐으로 낙마하는 경우가 비일비재했다. 이를 방지하고자 다산은 아들에게 특별히 당부했다.

우리가 잘 알고 있는 성경 인물에 사도바울이란 사람이 있다. 그가 로마의 엄격한 정치로 금지된 예수를 전도하다가 붙잡혀 감옥엘 갔다. 그가 감옥에서 최후로 요구한 것 중에 두 번째가 책이었다. 밤에 추위를 이길 옷 다음에 책을 영치해 달라고 했다는 것이다.

꼭 읽어야 할 책

너희는 도(道)가 이루어졌고 덕(德)이 세워졌다고 생각해서 더 이상 독서를 하지 않는 거냐? 이번 겨울에는 아무쪼록 상서(尙書: 五經의 하나인 書經)와 예기(禮記)의 아직 못 읽은 부분을 다시 읽어 보는 것이 좋을 것이다. 뿐만 아니라 사서(대학, 중용, 논어, 맹자)와 사기(史記)도 자주 보는 것이 옳으리라. 역사에 관한 글을 몇 편이나 작성해 놓았느냐?

학문의 뿌리와 줄기를 두텁게 북돋아서 얄팍한 지식을 나부랑거리지 말고 마음속 깊이 감추어 두기를 간절히 바란다. 내가 저술에 마음이 있음은 당장의 근심을 잊고자 해서 뿐만 아니라 사람의 아버지나 형이 되어 귀향을 사는 지경에 이르러서 저술이라도 남겨 허물을 벗고자 하는 것이니 어찌 그 뜻하는 것이 깊지 않겠느냐? 예(禮)에 관한 이야기는 꼭 유의해야 하는 것이니 독례통고(讀禮通考) 네 상자를 학손이 편에 부친다.

위대한 다산은 자신으로 인하여 아들의 진로가 막혀 버린 절망적인 상태에서도 용기와 신념을 위한 풀무질로의 단계적 삶의 길을 자세하게도 일러 준다. 지엄한 아버지의 명령을 거부할 수 없도록 권장했다. 요즘 말로 하면 서울 즉, 한양에서만이 외국의 정보를 얻을 수 있고 인재들과 접근할 수 있는 '환경론'을 강력히 주장했다.

도성 한양은 한적한 시골에 비하여 사람 속에 묻힐 수 있고 정보 접근이 손쉬워 생명까지도 안전할 수 있다는 것을 직접 가르쳤다. 그리고 자신의 신세로 말미암아 자손들이 절망하고 좌절하지 않도록 격려했다. 고향에서 낙망하고 지내다가는 진로가 막혀 폐가가 될 수 있음을 제시한 것으로 보인다. 가문의 몰락, 그것은 생명의 위태로움 같은 것이었다.

책으로 내적 충실과 자극하는 힘이 되어

그러니 살아가면서 소망을 지니게 되면 미래가 있다는 것을 자식에게 교훈으로 경계하면서 권했다.

사람에게는 책이 어려움을 극복하는데 가장 좋은 무기로 삼았다는 것이다. 전 대통령 후광 김대중이 감옥에서 책을 읽으므로 내적 충실을 쌓았던 깃은 만인이 다 아는 사실이었다. 이런 만고불변의 진리가 바로 독서이다. 이 독서가, 장차 꿈을 이룰 수 있는 확실한 도구가 책이란 점이다.

아홉 번째 이야기

한국의 모파상 이태준

상허 이태준

- 강원도 철원 출생
- 고학과 독학으로 공부함
- 일본 동지사대학에서 수학
- 원산 객주집 심부름꾼을 함
- 잡지사 · 신문사 기자 지냄
- 박종화, 정지용과 함께 공부
- 가난과 굴종 속에서도 세계적인 작가가 됨
- 대표작 「돌다리」, 「문장강화」 등 다수

한국의 모파상으로의 문장가

　대한민국 국민 가운데, 중학교 이상 학력을 지닌 사람 가운데 이태준을 모르는 사람은 없다. 왜냐하면 첫째 그의 주옥같은 단편소설이 교과서에 실려 있어서 그렇다. 두 번째로 이태준의 「문장강화」라는 책이 글쓰는 모든 이의 기초가 되었고 셋째로 한국문학 100년사 가운데 46년 월북작가로 낙인이  찍혀 그의 숱한 명작이 판금서적으로 분류된 금서였기 때문이다. 이 세 가지 요소로 인하여 이태준은 더욱 유명세를 탔다. 이태준은 한국 문단사로 볼 때 훌륭한 단편을 썼고 그의 문학성은 이미 정평이나 있다. 러시아의 체홉이나 프랑스의 모파상에 버금가는 작가이다. 그래서 그를 가리켜 한국 단편소설의 완성자로 불릴 만큼 훌륭한 작가이다. 그러나 역사의 소용돌이 속에 이태준은 희생되었다고 할 수 있으나 그의 문학성은 그 어느 누구도 따를 수 없을 만큼 완성의 경지에 도달해 있다고 할 수 있다.

한국 문단 100년사 가운데 최고의 작가

이태준은 1904년 11월 7일 강원도 철원군 묘장면 진명리에서 아버지 이문교와 어머니 순흥 안씨 사이에 장남으로 태어났다. 이태준의 원적은 철원면 율이리 614번지이다. 그의 호는 상허이다. 아버지 문교는 철원 공립보통학교의 교관을, 그리고 덕원감리서 주사를 지냈다. 아버지는 일본에 의해 을사조약이 체결되자 시국에 대한 불만이 컸다. 그런 불만으로 그는 러시아로 망명하였다. 어린 상허는 아버지를 따라서 낯선 도시 블라디보스토크으로 갔으나 그해 아버지가 35세를 일기로 세상을 떠났다. 어머니와 함께 그해 8월 28일(음력) 귀국하게 되었다. 귀국하는 도중 어머니가 누이동생 선녀를 분만하게 되어 가까운 포구인 함경도 이진에서 내려 그곳에 정착하게 되었다.

상허의 약전을 비교적 상세하게 적고 있는 자료는 그리 많지 않다. 그러나 그 가운데서 찾아낸 자료는 「제2의 운명」(1937년 6월, 한성도서출판) 첫 머리이다. 책머리에 적혀 있는 상허의 약력은 그의 생애를 되짚어 볼 수 있어 그나마 다행한 일이다. 그의 성장은 순탄하지 못했다. 철원봉명학교 졸업 후 방랑하다가 휘문고보에 입학했으나 중도에 퇴

한국의 모파상 이태준

학당했다. 동경 동지사대에 입학하였고 그곳에서도 중도 퇴학을 당했다. 그 후 잡지사와 신문기자를 거쳤다. 이렇게 굴절의 과거 경력을 지닌 상허는 어머니가 세상을 떠나자 3남매는 고아가 되었다. 친척집에 입양되기도 했고 적응하지 못해서 한때 방황을 하기도 했다. 그는 이러한 고난과 시련의 역경 속에서도 고학과 독학으로 우등상을 탔다. 그가 농업학교를 중도에서 그만두고 원산의 객주집 심부름꾼을 하면서도 희망의 끈을 놓지 않고 상해로, 안동으로 공부할 수 있는 기회를 엿보면서 작가의 꿈을 버리지 않았다. 그의 15세 전후에는 무일푼의 거지로 선천, 남시, 정주, 안주, 순천 등지를 떠돌면서 굶는 일이 다반사였다. 그러나 가난과 궁핍에도 굴하지 않고 야간학교에 입학하였고 마침내 휘문 시절에는 월탄 박종화, 정지용, 이선근과 함께 문학에 대한 열정을 불태우기도 했다. 그것을 기점으로 상허는 가람 이병기의 사랑을 받는 촉망되는 문학청년이 되었다. 그것은 가난과 굴종 속에서도 작가로서의 꿈과 이상을 버리지 않았기에 가능했던 것이다.

객주집 심부름꾼이었지만 꿈과 이상을 가짐

그 결과 상허는 이화여전, 경성보육학교 등 강사로서 문장작법과 작문을 가르쳤다. 대개가 가난과 굴종 속에서 향학의 꿈을 중도에 상실하거나 포기하는 사례가 많았지만 상허는 줄기찬 고난의 극복을 위하여 참고 견디면서 도전에 도전을 거듭했다. 그리하여 가정의 가장으로, 작가로서의 직분을, 직장인으로서의 성실성을 지켜 왔다.

1932년 단편소설 〈봄〉, 〈불우선생〉, 〈천사의 분노〉 등 숱한 글을 써서 발표했다. 30년대 우리의 문단에서 성실성과 우월성 그리고 근면성으로 성공한 작가는 상허 한 사람뿐이었다. 그러므로 자연히 여러 신문사에서 연재 요청이 들어왔고, 그로 인하여 작가적 위치가 확고해졌다. 한국의 숱한 작가들은 한눈을 팔거나 가난에 좌절하고 말았지만 상허는 이를 극복하여 한국 문단사에 커다란 발자취를 남겼다. 춘원 이광수에 이어 제2회 '조선예술상'을 받는 등 작가로서 최고의 반열에 들었다.

1943년 이후 철원 고향에 은거하다가 해방을 맞이했고 이어 '조선문학건설본부'에 참여하면서 이태준은 사상적 변화를 겪게 되었다. 그리하여 1946년 벽초 홍명희와 함께 월북을 하게 된다. 월북 후에 박헌영의 비서를 역임했고, 북조선 문학예술총동맹 부위원장을 맡기도 했다.

한국의 모파상 이태준

이처럼 이태준의 기구한 생애를 보면 한편의 장편소설과 같은 느낌이 든다. 그는 이데올로기에 속아 월북했고 이어 박헌영의 비서 그리고 함남일보 교정사원, 함흥 콘크리트 블록공장의 파철 수집 노동자, 중앙당 문화부 창작 제1실 전속 작가의 삶을 살았다. 즉 그의 삶은 그대로 한 편의 서사적인 드라마이다.

이태준, 그의 투철한 삶은 오늘의 불우한 젊은이들에게는 교훈이고 모범적인 개척자이다. 또한 한국 단편문학의 완성이면서 문학의 교범으로서 오래오래 회자될 것으로 믿는다.

열 번째 이야기

세계적인 명필 추사 김정희

추사 김정희

- 충남 예산 출생
- 세계적인 금속학자, 서예가
- 문과에 급제
- 추사체 개발과 학식과 경륜이 알려짐
- 제주에 유배
- 71세 때 관악산 기슭에서 승복을 입었고, 세상을 떠남

세계적인 명필에 높은 식견의 인격자

천재성도 있지만 열정과 혁신의 성과로

추사 김정희는 남녀노소를 가리지 않고 뇌리에 살아 있는 인물이다. 그를 초등학교 학생에게 물어보면 금방 "추사체의 주인공인데요."라는 답을 듣는다.

그만큼 유명세를 탔고, 훌륭하다는 것이다. 이쯤되면 그분이 역사 이래 가장 뛰어난 서예가임을 인정하고도 남는다는 것으로 해석할 수가 있다. 또한 금속학자로서도 세계적인 학자로 알려졌고 그 실적도 대단한 위인이다. 이처럼 훌륭한 인물이 된 것은 물론 천재성도 있다고 하지만 부단한 자기 혁신과 열정에 의해서 이룩한 성과물이라고 할 수 있다.

10개의 벼루가 밑창이 났다는데

추사체를 완성하기 위해 추사는 먹을 가는 10개의 벼루가 닳아 밑창이 구멍났을 정도라고 한다. 일천 개의 붓이 몽땅하게 되기까지 쓰고 또 쓰는 수련을 했던 것이다. 세상에 어떤 일이든지 추사 김정희 선생처럼 몸과 마음을 바쳐서 열심을 다 한다면 이루지 못할 성취가 없으리라….

추사 김정희 선생은 숱한 아호를 사용했다. 완당, 예당을 비롯하여 무려 삼백 개에 이르는 별호를 사용하여 세상을 놀라게 했다. 완당 선생은 소년 시절부터 청년에 이를 즈음에 실학파의 거두 박제가를 만나면서 실력을 인정받게 되었다. 완당의 솜씨로 입춘방 쓰는 모습과 그 서체에서 놀라운 천재성을 발견하게 되었다고 전해진다. 하루는 완당의 아버지께서 완당을 데리고 한양 탑골공원 근처에 살고 있는 박제가의 집에 가게 되었다.

초정 박제가를 만나면서 새로운 세계로

박제가는 비록 서출 출신이었지만 본인의 노력과 열성과 성실로 규장각 검서라는 직위에 올라 있었다. 당시 박제가는 시·서·화에 뛰어난 특출한 인물이었다. 학식과 경륜으로 보거나 글씨와 그림과 시를 보더라도 조선 땅에서는 능가할 사람이 없을 정도로 유명인이었다. 비록 검서라는 미관말직의 신분이었지만 해박한 학식과 '북학'을 공부하여 현실에 눈을 뜨게 된 실학파 중 한 사람이었다. 이러한 그가 추사의 글씨와 붓놀림에 신동으로서 자질을 알아보게 되었다고 한다. 박제가와 추사의 만남은 창조적인 만남이었던 것이다.

추사는 24세에 이르러 생원이 되었다. 그게 바로 가문의 전통대로 벼슬길에 들어서게 된 것이다. 이 무렵 완당의 아버지는 청나라에 동지부사로 가게 되었다. 박제가는 완당의 아버지에게 청나라의 부사로 나아가 그 나라 선진 문물을 보고 배우고 깨달아야만 한다는 조언을 했다.

청나라 명인들과 진정 어린 교류로

그리고 청나라의 거물이며 석학인 조옥수, 서성백 같은 명사와 교류를 하는 게 좋다는 의견을 피력했다. 박제가의 말은 설득력이 있어 완당한테는 서체, 전각, 방인에 대한 식견도 필요함을 절실히 느끼던 바였다고 한다. 그러한 주변의 영향으로 완당의 학문과 예술에 대한 섭렵과 내공이 일취월장하게 되었다. 그의 영향으로 1819년 추사는 바야흐로 문과에 급제하게 되었다. 가문의 후광을 입고 마침내, 검열에 이르렀고 문사로서의 최고의 자리에 올라 규장각의 시교까지 하게 되었다.

완당의 생가에는 영조가 내린 어필과 고서가 쌓였고 완당의 조부

▶ 추사 김정희 작품

어른께서는 청나라에 자주 드나들면서 서책들도 쌓여서 내공을 다지는 데 크게 기여한 것으로 보여진다. 완당은 1787년 지금의 예산군 신암면 용궁리 오석산 기슭에서 태어났다. 그의 가계를 살펴보면 고조부는 김흥경이다.

영의정을 지낸 김흥경은 영조의 두터운 신임과 기대를 받아왔으며 또한 노론파의 거두였다. 그런 연유로 인해 그의 아들 한신이 마침내 영조의 사위가 되었고, 그러니까 영조의 딸 화순옹주는 완당의 증조할머니가 된 것이다. 임금의 사위가 된 그의 할아버지는 월성위로 봉해졌고, 그의 사패지는 예산 오석산 기슭에 주어졌다.

월성위의 저택에는 독서루, 매죽헌 같은 건물이 우아하고 검박하게 지어졌다. 여기 검박한 삶의 터전에서 완당이 세상에 태어났다. 완당의 아버지 김노경은 판서를 역임한 이주의 둘째 아들로 출생했다. 그의 형 노영에게는 후사가 없었다. 완당은 노영의 양자로 들어갔다. 그렇게 되니 완당이 이 집안의 증손이 된 것이다.

순조가 어려 영
조의 계비인 김 대
비가 수렴청정을
할 때에 김 대비와
같은 경주 김씨인
김노경은 두터운
신임을 받자 승지,
판서 등 요직을 두루 지냈다. 이런 사회적, 가정적 배경에서 완당의
앞길도 환하게 열려 있었다. 그러나 김 대비가 세상을 떠나고 안동
김씨가 세력을 잡았을 때에는 김달순 등 경주 김씨들은 권좌에서 쫓
겨나기 시작했다. 이런 정치적 와중에도 김노경은 무사히 넘어갔다.
그러니 안동 김씨와 풍양 조씨가 권력 싸움을 벌일 때에는 김노경이
그 싸움에 자주 휘말렸다.

승지, 판서 등 요직에 두루 등용되다

김노경은 끝내 이런저런 죄목에 얽혀 강진 고금도에서 1840년 죽
음을 당해야 했다. 완당 김정희는 단순히 서예가로만 활동한 인물
이 아니다. 선조들이 남긴 금석문 연구가로 역사적 고증은 물론, 잘
못된 것을 바로잡아 주는데 앞장을 서 왔다. 그 가운데 가장 중요한
것이 북한산에 있는 조선 후기 무학 스님의 비로 잘못 알려진 고비(古
碑)를 진흥왕순수비로 확인하여 세상을 놀라게 한 일도 있다.

풍우로 인하여 마모된 윗부분이 갈라진 데다가 아래쪽 모서리가 달아난 채, 보는 이의 마음을 아프게 했던 것을 완당이 고증으로 역사의 제자리를 잡기에 기여한 바가 크다. 함흥의 함초령비도 탁월한 과학적 분석과 접근에 의해서 밝혀냈다. 아울러 평양성벽의 금석문 역시 그의 세심한 손길에 의해 고구려 고적임을 세상에 증명하는 업적을 남겼다.

서예는 침착성과 직관력을 향상시켰다

천재적인 추사체의 확립, 금석문의 해석과 고증, 탁월한 지적 식견과 실질을 숭상하는 완당은 한 세기에 있을까 말까 한 예술가요, 실사구시의 미래와 현실을 직시한 실학자이다. 그림과 글씨 속의 졸박까지도 포섭하는 원융 무애의 어우러짐이 조화를 이루고 있다는 점이다.

조선시대의 젊은 사관들은 인물평에 인색하기로 이름이 높다. 꼬

▶ 추사 김정희 작품

장꼬장한 사관들은 붓을 휘둘러 웬만한 인물들은 그들의 붓끝에서 평가절하를 당해야만 했다. 그러나 추사의 죽음을 두고 사관은 다음과 같이 철종실록에 기록하고 있다.

총명하고 강기(强記)하였으며 뭇 책을 널리 읽어서 금석문이나 그림, 역사에 있어서 그 깊이를 꿰뚫어 알았고, 글씨에 있어서는 초서, 해서, 전서, 예서 할 것 없이 참 경지를 깨쳤다. 세상 사람들이 저 송나라 소동파에 비유한다.

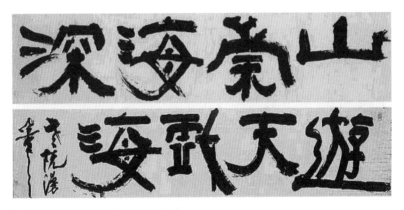

▶ 산숭해심 유천희해(山崇海深 遊天戲海)

완당은 학문 연구와 서체 연구에 필요한 책이 청나라에 있음을 알았다. 제자 이상적 역관이 청나라에 가서 구하기 힘든 서적을 다섯 차례에 걸쳐 200여 권을 제주도 위리 안치된 장소까지 손수 가져다 근정했다고 한다. 그 책을 받고 나서 완당이 감격하여 한 폭의 그림

▶ 제주 유배 시절 남긴 걸작 〈세한도〉

옆에 글을 쓴 것이 있는 바 〈세한도〉라 했다. 이 세한도는 294자의
문자와 오른쪽의 소나무 외 잣나무, 토담집으로 구성된 문인화이다.
오른쪽 그림을 보면 볼품이 없고 가지가 굽은 완당 자신을 그렸다고
전한다. 오른편 약간의 푸르름은 초췌하고 가지가 꺾인 것은 자신
이지만 기회가 주어진다면 끝까지 성취하겠다는 신념을 묵시적으로
암시하고 있다는 평이다.

　완당이 태어날 때 그의 가정은 아무런 풍파가 없었다. 추사의 어머
니 유씨는 추사를 잉태한 지 24개월 만에 낳았다고 한다. 이것은 흔
히 신화적 인물에게 주어지는 탄생설화에 그친다 하더라도 그가 태
어날 때부터 남다른 재질과 안목이 있었던 것으로 보여진다. 1830년
그의 아버지가 귀양을 갈 때에도 완당은 주위를 살피면서 은인자중
했다. 분란을 일으키는 상소 따위와 당론에 초연했다. 그런 자세에
힘입어 대사성, 병조참판과 같은 높은 벼슬을 하기도 했다. 그러나
추사의 벼슬길은 나이 쉰에 참판의 서열에 들었다고 하겠다.

1840년 완당 나이 55세 때 그의 아버지에게 사약이 내려졌다. 이와 더불어 장동에 사는 안동 김씨와 전동에 사는 풍양 조씨의 세력 다툼이 경주 김씨의 남은 세력인 추사에게도 죄를 들씌웠다. 제주도에 위리 안치시켜 9년 동안 귀향살이를 했다. 그러나 그의 배소(配所)는 외롭지 않다. 학문과 예술을 숭상하는 육지의 강위(姜偉) 같은 사람이 찾아와 수발을 도왔다.

그때 그 배소에서 그린 그림이 이른 바 〈세한도〉였다. 그는 유배지에서 부인을 잃었다. 그러나 겨우 10년 만에 유배지에서 돌아왔다. 쓸쓸하고 고적한 나날로 3년을 채 지내기도 전에 그의 친구 권돈인(權敦仁)이 얽혀들어 유배가게 되어 추사에게도 혐의가 들씌어져 이번에는 북청으로 유배를 떠나게 되었다. 그러나 북청의 유배소도 외롭지 않다. 그 이유는 뜻 있는 선비들이 몰려들었기 때문이다. 그의 글씨도 완전히 무르익었다. 유배 2년 만에 풀려나 한양으로 돌아왔다.

그의 나이 68세, 관악산 기슭 과천의 여막에서 일생을 돌아보면서 세상 부귀영화의 허망함을 느꼈음인지 71세에 봉은사 언덕바지에 나무

▶ 봉은사 판전 현판 七十一果病中作

막을 얽고 구계(具戒)를 받고 승복을 입었다. 선비가 중이 된다는 것은 당시로서는 충격이었다.

추사에게 있어 유배지에서 상황 현실의 극복은 오로지 학문과 예술에로의 완성이었을 것이다.

열한 번째 이야기

독서로 세상을 이긴 이덕무

청장관 이덕무

- 1741(영조 17)~1793(정조 17)
- 조선의 대표적 독서가
- 규장각 검서관, 적성 현감
- 북경에서 학자들과 교유
- 북학을 제창
- 박제가, 유득공, 이서구 등과 함께
  실학 사가(四家)로 불림

奉和
趙敝菴
歸舟暫泊 百花橋 話別白鍾 覽轍
微半檐 圖書瀟灑 去黃驪 江上夢
遽飛
相思何似別襄鵝 詩札曾飛意稍
安滿紙丁寧皆雅誨 爲縅影袖二
三嘆

炯菴散士

붓으로 세상에 맞서 이긴 사람

책 읽기로 천출에서 신분 상승을 하다

이덕무는 책과 친구를 가까이하여 화려하게 구원된 사람이다. 청장관 이덕무는 어려운 환경과 고난을 겪는 사람들한테는 꿈의 사다리가 되는 역사의 인물이다.

그는 출신 성분이 낮고 처한 환경이 열악한 곳에서 태어났으나 허공에 튀어 오른 농구공처럼 우리 시야에 뚜렷하게 드러난 스타이다. 그의 아호는 아정이다. 교육 현장에서 모범적으로 적용하는 조선시대 인물이 바로 아정(雅亭)이다. 아정이란 아호는 이덕무가 노년에 사용했고, 또한 청장은 꿈 많은 젊은 시절에 사용했던 아호이다.

이덕무가 책을 벗삼아 올곧은 삶을 살았고 좋은 친구를 자신의 성(城)으로 삼았으며 험난한 세상과 맞서 싸워 이긴 필승의 인재이기도 하다. 좋은 친구를 사귀는 일은 성을 축성하는 길이다. 그리고 이덕무가 책을 말없이 성취의 길로 이끄는 견인차로 생각했다는 점은 손

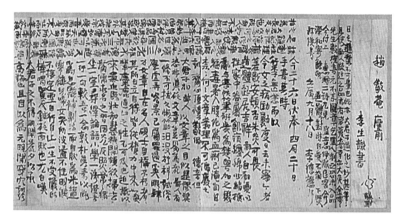

▶ 청장관 이덕무가 쓴 편지

끝으로만 오락이나 정보를 캐는 요즘 젊은이들과는 확연히 차별성
있는 행동이었다.

독서가, 인생의 가치척도를 길러 주다

시대는 급변하고 삶에 편리가 주어지는 것만이 만능으로 알고 IT
나 정보 기술로만 모든 것을 따라잡는다는 생각은 아직도 책을 따
르지 못하는 한계성을 노출하고 있다. 그래서 오늘도 사람들은 글을
쓴다. 그래서 책을 만들고 그것이 도서관으로, 기관으로, 혹은 학교
로, 가정으로 옮겨 가는 것이다. 그러한 변함이 없는 것을 우리는 진
리라 말하고 '가치척도의 철학'이라는 말로 표현되고 있다.

이덕무와 독서, 이덕무와 그의 친구들은 한마디로 말하면 '교류상
장(交流相長)'이란 말로 함축하면 될 것 같다. 이덕무는 당시로서는 차

별받는 서자의 신분이었다. 서자라면 본가의 적자가 아니다. 그러므로 당시 신분으로서 모든 것이 제한되고 억눌리는, 지엄한 계율로 차별되는 풍습이 엄연히 통제되고 있었다. 그래서 물려받을 재산도 없고, 벼슬길에 나아갈 수도 없었다. 더구나 살림을 꾸려 갈 녹봉도 없었다. 그렇게 통제되고 규제받는 이덕무는 나는 공처럼 벼슬길에 진출했고 나랏일, 국정에 참여하였다. 그러므로 서자와 한 많은 신분 불량자에 꿈과 희망과 열정을 심어 준 사람 스물한 살 전후의 조선 선비 이덕무가 쓴 「간서치전(看書痴傳)」을 보면 오늘의 우리에게도 희망과 꿈이 있음을 깨닫게 한다.

아정 이덕무는 1741년에 서자의 신분으로 서울에서 태어났다. 젊은 시절 청장이란 아호를 사용했다. 청장(靑莊)이란 푸른 백로를 말한다. 그 백로가 전하는 말에 의하면 물가에서 산다고 하는데 고기를 필요한 만큼만 먹고사는 새이다. 맑고 욕심이 없다는 뜻으로 사용된 것이다. 그러니까 상상의 새라고 할 수 있다. 고요한 선비를 가리키는 말이기도 하다. 원래 이덕무의 호는 그가 아주 어린 시절 자신의 집 청장서옥(靑莊書屋)이라는 이름에서 유래된 것이다.

이덕무가 살던 시대는 우리나라가 알게 모르게 세상 밖의 문물이 스며 왔다. 바야흐로 이제는 인간답게, 그리고 강한 나라로 만들겠다는 정조 임금의 자의식이 발휘되던 시기였다. 이런 시기에 이덕무는 신분이 천출이라 하여 혹심한 가난 속에서 자랐으나 일찍이 책과 좋은 벗으로서 자신의 인격을 수양하였다. 이로 인하여 그는 박학다

식하고 시·서·화와 함께 문장 실력도 뛰어났다. 젊은 시절부터 많은 저술을 남겼다. 서울 한복판 큰절 아래^(대사동)에서 살았다. 그 당시 이 부근에는 이덕무와 신분이 비슷한 서얼 문인들이 살았다.

중국까지 알려진 학자이며 우리나라 4대 시인

아정 이덕무는 박제가, 유득공, 이서구와 더불어 중국까지 알려진 조선시대 4대 시인의 한 사람이 되었다. 뿐만 아니라 시·서·화를 넘나드는 이들의 사상에는 외세가 어떻게 돌아가는가에 대한 강렬한 열망과 그것을 삶의 지렛대로 이용해야만 진정한 삶을 살 수 있다는 자의식을 가지게 되었다. 이로 인한 청장 이덕무는 1778년 사신 일행을 따라 중국에 다녀오게 되었다. 그의 깊은 통찰력과 사물을 대하는 삶의 자세가 마침내 선비들의 입에 오르내리게 되어 1779년 규장각 초대 검서관을 하게 되었다. 규장각의 여러 서적 편찬 사업에 참여하였다.

성실한 자세와 열정으로 일했던 청장은 검서관 직임을 수행하면서도 외직을 겸했다. 사근도 찰방, 적성 현감을 지내기도 했다. 1793년 아정 이덕무가 세상을 뜨자 이덕무의 탁월한 재주와 능력을 눈여겨 살폈던 정조가 특명의 교지를 내렸다. 그리하여 「아정유고」를 펴내게 되었다. 저서로는 「기념아람」, 「사소설」, 「청비록」, 「뇌로낙락서」, 「이목 구심서」 등이 있다. 이덕무의 아들 이광규가 모두 정리하여 「청장관전서」71권 33책으로 발간했다.

이덕무의 친구와 선배

이덕무는 자신의 환경과 지역을 넘어 중국에까지 알려진 선비이며 시인이 된 뒤에도 비하인드 스토리가 있다. 그것이 사실은 중요하다. 사람이 세상을 살게 되면, 알게 모르게 스승과 친구와 선배를 만나게 된다. 이런 인적 교류가 자신의 인생에 직간접으로 영향을 끼치게 된다. 우리가 잘 알고 있는 근대문학 초기에「탈출기」를 썼던 최서해 소설가에게도 학벌이 전혀 없다. 글을 쓰거나 작법을 공부했던 사람이 아니었음에도 춘원 이광수를 만나게 되어 그는 한국 근대문학사에 기록된 작가로서 세상에 알려지게 되었다. 젊은 시절 누가 어디서 누구를 만나느냐에 따라 인생관에 결정적 영향을 미치게 된다. 청장 이덕무는 조선시대 실학의 거두 박제가와 교류하게 되었

▶ 청장관 이덕무의 글씨

다. 그의 칭찬과 격려, 그리고 독려에 힘입어 굶주림과 질곡 속에서도 자신을 이겨 내는 슬기를 발휘하여 이덕무의 삶과 그의 일생이 우리에게 많은 교훈을 주게 된 것이다.

이덕무, 그는 한문서적을 이불처럼 덮고 추위를 이겼고 논어를 병풍처럼 삼아 한기를 막았다고 전한다.

이덕무, 그의 젊은 시절에는 방구

들에 온기가 없어 한기로 떨어야 했다. 식구들은 병들고 기침에 시달리는 어린 동생과 어머니, 세 살 난 딸아이 그리고 병고로 세상을 떠나게 했던 어머니와 큰누이와의 사별을 겪었다. 이덕무는 이런 와중에서도 「논어」와 「사서삼경」을 읽고 배웠다. 그리고 연암 박지원과 연결된 벗 담헌 홍대용, 그들을 통하여 지구와 우주 천문과 역학에 대하여 안목을 넓히게 되었다.

책과 스승, 선배와의 교류, 좋은 친구와 교제가 마침내 이덕무의 가문과 자제와 자녀들뿐만 아니라 오늘을 사는 우리에게 깊은 용기와 교훈을 전해 준다.

열두 번째 이야기

여류 문학의 대표 허난설헌

허난설헌

- 1563(명조 18)~1589(선조 22)
- 강릉 출생, 허균의 누나
- 본명 허초희, 조선의 여류 시인
- 8세에 광한전 〈백옥루 상량문〉 지음
- 천품이 뛰어나고 바른 용모, 천재적인 시인
- 1589년 27세로 요절

여류 문학사의 큰 봉우리

애상적인 시풍의 독특한 시 세계

경기도 광주 시가지에서 이천 방향으로 1킬로미터쯤 자동차로 달려가면 산허리에 도달하게 된다. 그 산허리에 이름 없는 나그네에게 얼을 기리는 기념비가 우뚝 서 있다. 그 비석이 있는 고개를 넘어 또 1백 50미터쯤 내려가면 왼편으로 '도평리'로 연결되는 도로가 나타난다. 그 길로 접어들어 오른편으로 강을 끼고 산중턱을 돌면 갈림길이 나온다. 갈림길 옆에는 '도평요'를 비롯한 여러 도요를 안내하는 퇴색한 표지판이 나란히 서 있다.

그 안내판을 보고 조금 내려가면 작은 고개가 나타난다. 그 고개를 넘어서면 또다시 강줄기를 만나게 된다. 팔당으로 흐르는 강물을 오른편으로 하고 2킬로미터쯤 다시 내려가면 왼편 산비탈에 자리한 '지월리(池月里)'에 도달한다. 마을 앞 들판을 지나면 다시 왼편으로 조그마한 동산이 나타난다. 그 야트막한 동산이 바로 경수산 ^(鏡水山) 허난설헌의 무덤이 있는 곳이다.

허난설헌, 그는 우리 여류 문학사에서 가장 걸출한 시인이요, 진보적인 여성이었다. 그는 옛 문헌이 밝혀 준 대로 아름답고 뛰어난 재주꾼이었다. 또한 시를 쓸 수 있는 해박한 지식인이었다. 깔끔한 성품, 너그러운 민중의식은 가히 남자들보다도 앞서가는 세계관과 인생관을 가지고 살았다 하겠다. 27세의 짧은 생애에 그가 남긴 200여 편의 구슬 같은 시가는 세상을 떠난 지 수백 년이 지났지만 아직도 우리의 귓가에 맴돌고 있다.

그는 제법 부유한 가정에서 태어났다. 그러나 그의 시문들은 한결같이 궁핍하고 가난한 민초들을 안타깝게 생각하는 마음들이 시편마다 구구절절 나타나 있다. 이것은 그가 자랄 때 가난한 선비 밑에서 시문을 배운 탓이 아닌 것인가 추측된다. 여기 인용하는 시도 가난하게 살아가는 사람들에 뜨거운 정감이 잘 드러나 있다. 비판적이면서도 개혁적인 주체의식을 가진 허난설헌은 젊은 나이답잖게 인생에 달관한 모습도 이 시에 잘 나타나 있다.

> 양반집 세도가 물길처럼 드세고
> 높다란 누각에 풍악 소리 울릴 제
> 북쪽 마을 백성들은 가난으로 헐벗으며
> 주린 배를 안고 오두막에 누워 있네
> 어느 날 아침 높은 권세 기울면
> 오히려 가난한 것을 부러워하리니
> 흥하고 망하는 것은
> 바뀌고 바뀌어도
> 하늘의 도리를 벗어나지는 못하리라.

　양반가의 딸이면서도 백성을 긍휼히 여기던 허난설헌은 지금 경수산 중턱에 누워 세상의 부귀명공이 부질없음을 비웃는지도 모른다. 더욱이 필자의 마음을 착잡하게 하는 것은 그의 묘소 주변에 귀하고 값진 수목이라곤 거의 없었다는 점이다. 길길이 자란 억새풀과 극락풀만이 바람결에 출렁거리면서 나그네의 발길을 무겁게 했다. 또한 계절이 초가을인지라 석양 무렵의 낙조와 누런 색깔을 띄기 시작했다.
　허난설헌의 무덤은 동산 중턱에 있었다. 바로 여남은 걸음을 사이에 두고 허난설헌과 짧은 인연을 맺었던 남편의 무덤이 있다. 자못 감회가 새로웠다. 인간의 살고 죽는 것이 도대체 무엇인지. 또한 남자와 여자가 만나 하나로 결합하여 살아간다는 것은 또 무엇인가. 또한 죽어 남기고 가는 것은 무엇인지 이 경수산 중턱에서 새삼 인생무상을 생각하지 않을 수 없게 한다.

조선의 여인, 책을 읽고 시를 지으면서

허난설헌은 그리 길지 않은 생애에 외로움과 한(恨)과 시름 속에 보내는 일이 많았다. 남편과 살았다지만 그것은 지극히 짧은 시간에 지나지 않았다. 그런데 죽어 같은 산중턱에 함께 누워 있다는 것이 얼마나 야릇한 일인가.

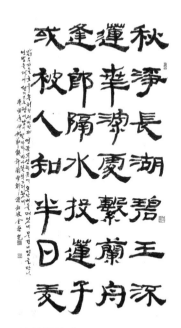

▶ 허난설헌의 시

허난설헌은 위에서도 말했지만 훌륭한 가문에서 태어났다. 어려서부터 책을 읽고 시를 지으면서 부덕(婦德)을 익혔다. 이런 허난설헌은 당대 문벌 좋기로 이름난 안동 김씨 집안으로 시집을 갔다. 그러나 남편과의 부부 사이의 금슬은 순탄하지가 않았다.

허난설헌은 남편과 떨어져 살아야 했다. 아들과 딸을 낳았으나 자라지 못하고 그만 잃어버렸다. 마음을 의지할 데가 없는 그는,

뒤울안에 초당(草堂)을 마련하였다. 여기에서 그는 책 속에 묻히기도 했고, 때로 시름과 한을 달래면서 허구한 밤을 보냈다.

마음은 늘 허공에 떠 있어 몽환(夢幻)을 더듬으면서 아픈 자신의 심정을 시로 읊었다. 그의 시

▶ 친필과 앙간비금도

에서 무엇인가 연연한 그리움과 풀지 못한 정한이 맺혀 있음을 볼 수 있다. 그러나 남편에 대한 사모나 원망이 전혀 표기되어 있지 않다.

비면을 어루만지면서 그의 재주와 넘치는 정을 생각했다. 그가 만약 이 시대에 살았다면 숱한 일화를 남기면서 많은 독자의 사랑과 찬사를 받는 여류 시인이 되었을 것이라고 생각했다. 그가 시집살이를 하면서 지은 시가 부지기수였다고 한다.

그러나 허난설헌이 목숨을 거두기 직전, 모두 불태워 버렸다. 지금 남아 있는 것도 허난설헌의 남동생인 홍길동전의 작가 허균이 모아 엮은 것이다. 친정과 시댁 사이의 소원함으로써 그의 산문이 많이 누락된 것은 아닐까 하는 생각을 했다. 지금 무덤에는 누런 잔디만 덮이고 4백 년 가까운 긴 세월 동안 땅속에 묻혀 있는 그는 후배가

▶ 허난설헌이 8세 때 지었다는 광한전 〈백옥루 상량문〉

찾아와 고개 숙여도 말이 없다. 그러나 그가 남긴 시가들은 우리 국문학사상 훌륭한 업적을 남겼다. 어디 그뿐인가. 허난설헌의 작품이 중국에서 건너온 사신들의 눈에 띄었다. 그것을 가지고 갔던 사람들에게 소개되고 주지번(朱之蕃)의 소개로 중국 땅에서 출판되었다.

이런 점을 생각할 때 그는 천부적인 시인이며 한(恨), 그리고 정(情)을 안고 짧은 세상을 굵게 살았다고 하겠다. 그러나 그의 작품인 시가들은 단적으로 말한다면 생활 주변 인간들과는 거의 관계가 없는 극단적인 관념의 표출이라 하겠다. 그러나 그의 타고난 재주와 총명은 누구도 부인할 수 없으리라. 더러는 허난설헌이 8세 때 지었다는 〈백옥루 상량문(白玉樓 上樑文)〉이 위작이고, 많은 사람들의 칭송을 받은

'야좌(夜座)'가 당시(唐詩)를 모방했다고 주장한다. 그러나 나는 굳이 그것을 다룰 생각이 없다. 다만 우리 국문학상 한문으로 쓰인 여성들의 작품이 많았는데 왜 허난설헌만이 절대적인 평가우위를 차지하고 있을까?

허난설헌의 중심으로 5미터 밖에는 시조부인 김홍도(金弘道)의 묘가 있고 좌상 7미터 거리에 시아버지 김첨(金瞻)의 묘가 있다. 김첨의 묘 아래쪽엔 허난설헌의 남편 김성립의 묘가 남양 홍씨와 부장되어 있다. 그리고 허난설헌의 무덤 바로 아래쪽이 시동생 김정립이 부인 해주 정씨와 합장된 묘가 있다.

허난설헌의 묘를 제외하곤 전부 다 합장한 묘이다. 허난설헌의 남편 김성립이 전처의 무덤을 지척에 두고 후처와 합장되는 것은 허난설헌에게는 후사가 없었다는 까닭인지 필자의 발길이 무겁기만 했다.

김성립은 허난설헌이 세상을 떠난 3년 후 임진왜란 와중에 왜병의 칼에 죽었다고 되어 있다. 그렇다면 남양 홍씨는 결혼 2년이나 3년 만에 청상이 된 셈이다. 허난설헌의 팔자도 그렇지만 남양 홍씨의 팔자도 그다지 좋은 것은 아니었다.

이 산에 자리한 무덤들은 대체로 정동향인데 김성립의 무덤만이 동북간방(東北間方)으로 허난설헌의 무덤에서 볼 때에는 약간 고개를 돌린 느낌이다.

우리 선조들 무덤, 임진왜란 당시의 무덤들은 대체로 유실되거나 소실되었다. 그런데 허난설헌 일가의 무덤들이 고스란히 상석과 함

께 남아 있다는 것은 안동 김씨의 조상에 대한 높은 정신을 생각하지 않을 수 없다.

허난설헌의 묘비 옆에는 비가 하나 있다. 앞면에 증정부인 양천허씨지묘(贈貞夫人陽川許氏之墓) 좌우면 뒷면에 국문학자 이숭녕의 문장이 노을 속에 아름답다.

　　굴종만이 강요된 질곡의 생활에 숨막혀 자취도 없이 왔다간 이
　　땅의 여성들 틈에서 부인은 정녕 우뚝 섰다.

허난설헌의 생활과 그의 문학작품에 나타난 지조와 생활방식이 우리에게 던져 주는 메시지를 찾아 깨달아야 할 것이다.

열세 번째 이야기

영혼의 나비 최용신

최용신

- 함남 원산 출생(1909~1935)
- 여류 농촌 운동가
- 루씨여자보통학교 졸업
- YWCA 농촌사업부 경기도 화성 근무

영혼의 나비떼로 나는 청춘(靑春)

여류 농촌 운동가, 농민 계몽에 일생을 바치다

농촌 계몽소설 「상록수」의 작가 심훈은 이승에 살고 있지 않다. 그러나 그의 이름과 작품명은 아직도 이승에 남아 있다. 지붕 추녀 끝에 고드름이 매달릴 만한 차가운 겨울날, 안산시 성포동에서 지나가는 택시를 불러 세웠다. 직업이 직업인지라 "상록수의 주인공이 살던 곳에 태워다 주세요."라고 했다.

운전수는 두말도 없이 필자와 동행한 사람까지 모두 태웠다. 실은 사람이 다섯으로 정원 초과였다. "타세요. 양력 초하룻날 여기 참배 오시는 분이니 꽤 점잖으신 분 같으니까." 운전기사는 자신이 딱지 뗄 각오가 되었는지 다섯을 한 차에 끼워서 다 태웠다. 일행이 졸지에 점잖은 분들이 되었으니 쉬이 떠들고 묻고 할 수도 없었다. 자동차는 '상록수역'을 왼쪽으로 두고 주택가를 뚫고 달렸다.

한참 가다가 십자가가 고개를 불쑥 내민 재래식 교회당이 버티고 선 언덕 아래에 멈춰 섰다. "여기가 상록수의 주인공 배경이 되는 곳입니다. 공부 많이들 하고 가세요."라고 했다. 자식, 건방지게스리 여기에 누굴 보고 공부하라는 것인가. 더구나 새파랗게 젊은 것이… 나는 쓸쓸한 마음으로 돌아섰지만 그 애숭이의 말은 생각할수록 야소의 말처럼 진리로 다가왔다.

이런 '산교육의 장'을 찾는다는 것 자체가 사실 공부 아닌가? 현대인들은 애나 어른이나 한결같이 먹고 마시고, 흔드는 데 특기가 있으니, 운전기사는 우리한테 불멸의 진리를 우리 현대인들에게 가르쳐 준 셈이었다. 공부해라, 이 자식들아… 나도 허공을 향해 입속으로 중얼댔다.

여기는 옛 지명이 경기도 화성군 반월면 사리이다. 흔히 천곡(泉谷) 마을이라고 불렸다. 그러나 심훈의 「상록수」에서는 '청석골'로 알려

▶ 최용신과 교회 여성도들

져 있다. 이 샘골 부락이 심훈의 상록수에 나오는 채영신이 60여 년 전 농촌 계몽운동을 하던 곳이다. 소설 속에는 영신이라 되어 있지만 원명은 최용신(崔容信)이다.

최용신은 이곳에 강습소를 세우기 위해 따비밭을 일구고 돌을 주워 나르고 땅을 팠다. 그리고 예배당 주위로 상록수를 심었다. 그 상록수만이 현대를 사는 우리에게 너희들도 공부해라, 공부해라 이야기하는 것 같이 느껴짐은 어인 일일까?

기록에 의하면 일제 치하인 1931년 YMCA가 2명의 여성을 농촌 계몽 요원으로 파견했다. 1명은 황해도로, 최용신은 이곳 경기도 화성군 반월로 파송되었다. 이때부터 최용신은 국가와 민족을 위해서는 국민 계몽이 반드시 있어야 한다며 이를 악물고 나섰다.

최용신은 1909년 8월 함남 원산읍 두남리에서 최창희의 둘째 딸로 태어났다. 가정이 빈곤했던 최용신은 1918년 두남리에 있던 루씨여자보통학교에 입학해 2년 동안 수학하다가 1920년부터 원산에 있는 루씨여자보통학교로 옮겨 1928년, 이 학교를 졸업할 때까지 줄곧 수석을 차지했다. 그는 루씨학당을 다닐 때 교목이었던 전의균 목사의 전도로 감리교 교인이 되었다.

최용신이 19세 되던 해 담임 교사에게 "나는 농촌으로 들어가 농민 계몽에 일생을 바치겠다."고 결심을 밝혔다 한다. 이런 최용신을 아껴 루씨학당에서는 감리교 여자 협성신학교에 입학할 것을 권유했다.

그리하여 최용신은 협성신학교에서 3년간 신학을 배웠다. 최용신이 3학년 때 1931

▶ 1929년 협성신학교 시절

년 10월에는 서울 YMCA 후원으로 경기도 오지 마을인 이곳 샘골 마을을 찾아들었던 것이다.

사랑과 복음, 계몽 실천한 애국자

최용신이 천곡감리교회를 중심으로 농촌 계몽을 하고 있을 당시의 천곡감리교회 담임이었던 전재풍 목사는 이미 고인이 된 지 꽤 오래였다. 전재풍 목사의 아들 전의철 씨만이 인천 주안역 앞에서 인천 세광병원을 경영하고 있다. 그의 5~6세의 기억으로는 "최용신 씨는 농촌에 투신한 용기 있는 여성으로서 밤낮 강습소에서 학생들을 모아 가르치고 이웃과 이웃 마을을 다니면서 계몽과 설득으로 그 어느 누구보다 애국한 어른입니다."라고 술회하고 있다. 최용신, 그는 사랑과 복음과 계몽을 한 몸에 지니고 실천한 애국자였다. 멋이나 내고 사치나 일삼는 부류의 젊은 여성들에게 최용신의 피와 땀을 흘리던 과거를 영화로 만들어 보여 준다면 그들은 무엇이라고 말할런지 궁금하다.

"최용신 양을 만난 것은 내가 수원농고 시절, 그러니까 1933년 초가을 어느 날이었어. 이때 우리 학교에서는 학교를 중심으로 각지에 강습소를 세우고 농촌 계몽을 했었지. 우리가 보조금을 보내 주고 있는 샘골에서 농촌 계몽에 헌신적으로 활동한다는 여성이 우리를 만나러 온다는 기별이 있었지, 그날 우리는 농장 실습을 일찍 마치고 간부 몇 사람이 깨끗한 옷차림으로 갈아입고 농사 시험장 근처에 서호(西湖)로 나갔었어. 그와 약속한 시간이 다 되어 흰 적삼에 짤막한 검정 치마를 입은 한 여성이 버들가지 나부끼듯 나타났었지. 그다지 크지 않은 중키에 날씬한 편이었고 얼굴은 얽은 것이 매우 인상적이었지, 지금 회상해 보면 얼굴 윤곽은 너그럽고 시원스런 인상에 코가 오똑하고 눈에는 반짝반짝 총기가 엿보였지…."

그렇다. 류달영 선생의 회고 말씀도 말씀이었지만 최용신은 사랑과 정열과 봉사에 불타는 의지의 여성이었을 것이 틀림없다.

당시의 우리 조국 현실은 '아는 것이 힘', '배워야 산다'는 슬로건을 내걸을 때였다. 이때 연약한 여성의 힘으로 산간오지 마을에 나비처럼 찾아들어 죄수처럼 힘겨운 노동으로 사람들의 의식을 깨우쳤다.

▶ 최용신과 학생들

그리고 우리 국민이 살아가야 할 방향을 제시한 위대한 선각자이며 선구자였다. 어디 한두 가지 일을 했던가? 최용신의 전기를 보면 한글, 산술, 초보 재봉, 수예, 가사, 노래 공부, 성경, 놀이 등 다양한 일을 했다. 이처럼 많은 것을 가르치는 데에도 사람이 늘어나 아침 오후, 야간반으로 나누어 3부제 수업을 했다고 전한다.

강습소가 개설된 직후에는 코흘리개들을 가르쳤다. 그러나 점차 확산되어 아주머니, 총각, 할머니들까지 모여들었다고 한다.

최용신이 이처럼 농촌 계몽운동을 펼쳐 나갈 때 그의 앞에는 비꼬는 사람, 시기, 질투 방해공작을 벌였던 것은 심훈의 「상록수」에 잘 나타나 있다.

소설 속에는 채영신이라고 표기되어 있지만 최용신과 조금도 차

이가 없다는 점을 필자는 알 수 있었다. 심훈의 형은 감리교회 목사였다. 형으로부터 최용신의 이야기를 듣고 감명받은 심훈이 그녀를 모델로 삼아 소설화했기 때문이다. 다만 무성하고 무성한 것은 "내가 죽는 날까지 당신이 못다 하고 간 일까지 두 몫을 하리라."던 임종을 지켜보던 채영신의 애인 박동혁과 실제 인물 최용신의 약혼자인 K씨와의 차이가 있을 뿐이다.

최용신의 약혼자였던 K씨는 그 후 농촌을 떠났다. 다른 여자와 결혼하여 5남매를 낳았다는 이야기가 들려온다.

류달영 교수가 쓴 최용신 전기와 주위에 있던 분들의 이야기를 종합해 보면 최용신과 K씨의 로맨스는 항간의 떠도는 이야기처럼 달콤한 것이 아니었다.

최용신은 가난한 농촌에서 태어나 더구나 얼굴까지 빡빡 얽었다. 그녀에게 세상은 실의와 고통의 나날이었을 것이고, 그까짓 덧없는 이승의 개똥 같은 세상을 아무래도 좋다고 생각하고 살아간 것처럼 느껴졌다. 앉으면 공부하고 답답하면 기도하고 모여지면 가르치던 그는 1935년 1월 23일 새벽 26세의 한창 나이에, 고뇌와 고통에 찬 이웃의 비웃음을 날리던 사람들을 울리면서 조용히 하늘나라의 부름을 받았다.

"우리 애덜두 저 예배당과 최용신의 무덤을 보면서 꿈을 댑다시 키우면서 국회의원에서부텀 말똥지기까지징 배웠는디 요새 애노무 새끼덜은 꼭 학원에만 가야 한다는디 공부가 꼭 학원 가서 되는 기유?"

한 촌로가 내가 빼어 주는 담배를 피워 물면서 깨끗한 무덤 위 하늘을 올려다보았다.

▶ 최용신의 부조물

지금 이 지상에는 심훈도 최용신도 없다. 그러나 그들의 정신과 유적은 남아 오늘을 사는 우리에게 크나큰 감동으로 교훈을 불러온다. 어디 교육이 학교에서만 이루어지는가?

우리가 기념 스냅을 할 때 조무래기 여섯 명이 재잘대면서 채영신이 심었다는 짙푸른 향나무에 매달렸다. "공부해라, 공부해서 남주나." 나는 운전기사의 말을 떠올렸다. 시야에는 환각으로 어느새 최용신의 영혼 같은 나비떼가 날아다니는 것 같았다.

열네 번째 이야기

동방의 시인 이규보

백운 이규보

- 1168(의종 22)~1241(고종 28)
- 고려의 문장가
- 9세 때부터 경사, 백가, 노불을 섭렵
- 1191년 진사에 합격
- 집현전 대학사
- 글 한 수에 벼슬 하나를 얻는 문재

동방의 시인

고전을 탐독한 뛰어난 문장가

산수유가 꽃망울을 터뜨리던 봄
날. 그날은 꽃샘바람도 대단했다.
일곱 살이었던 나는 삼십 리가 떨어
진 외가(外家)엘 난생처음 찾아나섰
다. 외가는 나에게 있어 신비의 베
일에 싸인 곳이었다*. 어머니가 자
라온 문화, 외가의 문화를 탐방하
는 게 나의 소원이었다. 지금처럼
버스나 자전거도 흔하지 않은 시대
였으니 당연히 도보로 가는 것이었
다. 나이가 어리고 호기심이 많은

* 이재인 설(設).

나에게 어머니께서 말씀하셨다.

"빠스나 도락꾸두 웂는디 니가 거기가 워딘디 가겠다구 성화여, 갈라면 네 외할부지 지사 때 날 따라가던지 허거라. 거기 방앗거리는 삼십 리가 되는 거여…."

나는 어머니의 말씀을 건성으로 받아넘겼다.[*] 그러나 그런 지리적 문화적인 정보는 이미 다 갖고 있었다. 왜놈 나라에 유학을 마치고 귀국한 다음, 지주의 아들로 농삿일을 감독하다가 민선 면장(面長)이 되신 큰외숙. 우리 마을에서 구경을 할 수 없는 대학생인 외사촌 형이 엄연히 존재한다는 것이 나를 더욱 호기심으로 이끌었다.

또한 외가에는 책도 수없이 많다는데 그 책도 얻어 오고 싶었다. 그리고 잘 달린다는 삐까삐까한 자진차도 한번 타 보고 싶었다.

이런 문화적 호기심 때문에 나는 '가출'로 외가엘 찾아갔다.[*] 지금 생각하면 대단한 모험이었다. 난생 한번 가 보지 못한 초행길을 무작정 찾아 나섰다. 귀신이 나온다는 예산 탄광을 경유, 이름도 아름다운 반계를 지났다.

무한천 상류인 방한리 들판을 끼고 화성 못미처 미루나무가 빗자루 거꾸로 세워 놓은 듯한 그림 같은 물레방앗간이 나타났다.

나는 대번에 외가엘 찾아 들어갔다.[*] 그날 나는 동경하던 사촌형인 대학생과 하늘같이 높기만 하던 면장님인 외숙도 만났다. 그것이 어린 시절 나의 또 다른 세계와의 문화적 만남이었다. 가출로 집을 나섰던 나는 귀가한 후 부모님으로부터 얻어맞고 쫓겨났던 것은 두 말

---

* 이재인 설(設).

할 필요도 없다.

이런 문화적 호기심과 방랑벽이 곧 오늘의 나를 만들었다. 그것이 곧 소설적 문학적 토양이 되었고 끝내 작가의 길을 걷게 한 것이다.[*]

"힘을 동반하지 못한 문화는 당장 사멸한다."고 처칠은 말했다. 이러한 관점에서 강화는 개국과 호국의 의지가 깃든 섬동네이다. 단군 성조께서 백두산과 한라산의 중간지점인 영산인 마이산에 참성단을 쌓았다. 그곳에서 국가와 민족의 소원을 기원하면서 제사를 드렸다는 개국신화가 깃든 강화.

어디 그뿐인가. 고려가 몽고에 견디지 못해 강화도로 수도를 옮겼다. 결국 항몽에 시달렸고, 마침내 치욕스런 눈물이 수없이 배인 곳이기도 하다. 그런가 하면 신미, 병인양요와 운양호사건 등 서구 열강이 구름떼처럼 몰려오던 요로이기도 했다. 이곳은 문자 그대로 요새 중의 요새이며 자주적 삶을 위해 외세와 맞서 치열하게 싸우던 전쟁터이다.

그런가 하면 강화의 문화

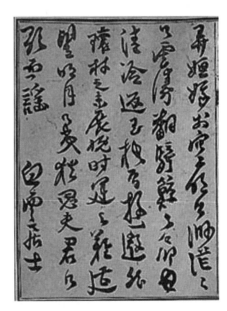
▶ 이규보의 글씨

* 이재인 설(設).

는 육당 최남선이 격찬하여 말했듯이 '눈 속에 핀 매화'가 틀림없다. 우리 민족 문화의 표상이라 할 수 있는 '팔만대장경'이 이곳에서 만들어졌다. 또한 세계에서도 그 빛이 찬란한 금속활자와 고려자기의 문화가 강화에서 시작되었다. 그런가 하면 강화는 역사의 소용돌이 속에서 늘 외세와 맞서 싸웠던, 국토방위의 첨병이다. 소석 김영기(素石 金英基) 님은 이런 시를 남겼다.

한강(漢江)과 임진(臨津)·예성(禮成)이 합류해서 요새되고
서해를 가로막는 한반도 방파제라
형승(形勝)이 저러고서야 풍상(風霜)이 어이 없을소냐

고려의 청자기(靑磁器)가 이 땅에서 완숙되고
대장경 금속활자 세계에서 처음이라
아마도 문화유산 원천(源泉)이 여기런가.

이처럼 자랑스럽고 긍지 높은 강화는 삼별초난(三別抄亂) 이후 문화예술의 맥이 끊기고 말았다. 삼별초난 때 강화의 선비·풍류객들이 해남(海南)으로 대거 끌려가 문화예술에 대한 손실이 적잖다고 주민들은 아직까지 아쉬워하고 있다. 오늘날 해남의 찬란한 문화의 뿌리는 강화라고 주장하고 있는 것도 일리가 있다.

몽고의 완강한 세력과 사대주의에 항거했던 반란 주도자 배중손(裵仲孫), 야별초(夜別抄)인 지유 노영희(指諭 盧永禧)를 비롯한 저항 세력들이

관군과 맞서 싸우다가 결국 진도(珍島)로 패주했다. 이때에 강화에 있던 근대적 선각자들을 1천여 척의 배에 실었다. 이러한 대이동으로 사실상 강화는 인적, 물적으로 커다란 손실을 입었다는 것은 부인할 수 없는 사실이다. 쓰라린 39년간의 항몽의 숱한 외침 속에서도 문화를 꽃피우고 호국 의지를 가꿔 가는 강화는 이제 섬마을이 아니다. 수도권 문화의 흡수로 발전 속도가 빠르고 잠재된 호국 의지로 경제도 타지방보다 튼튼하다. 인삼 재배, 과수 농업, 직물 제조, 화문석, 맛 좋고 질 좋은 쌀은 이제 서울 사람들의 부러움이 되고 있다.

절묘한 영경이 구슬처럼 번득이는 「동국여지승람」

그리고 무엇보다도 강화는 살아 있는 문학의 고향이라 하지 않을 수 없는 것이 바로 백운 이규보(白雲 李奎報) 선생 때문이다. 이규보 선생은 고려시대 대문장가요 정치지도자로 이름 높은 당대의 고려인들의 정신적 지주였다. 그가 「동국이상국집(東國李相國集)」 53권을 저술했다는 것으로 가늠한다면 고려 문인으로서는 으뜸이 아닐 수 없다. 그가 일생 동안 쓴 시가 7천에서 8천에까지 이르고 있다. 지금으로 말하면 기네스북에 오를 만한 시인이다.

우리의 「동국여지승람」을 살펴보면 명승과 절경이 있는 곳에는 으레 이규보의 절묘한 영경(詠景)이 구슬처럼 번득이고 있다. 그래서 우리의 자연과 명승은 이규보로 인하여 재인식되고 더욱 빛을 발한다

▶ 동국이상국집

고 하지 않을 수 없다.

이규보의 시를 읽다 보면 워즈워스, 고티에 릴케보다 한 수 위라는 것을 절감하게 된다.

邊山自古稱天府^(변산자고칭천부)

江山淸勝敵瀛逢^(강산청승적영봉)

立玉鎔銀萬古同^(입옥용은만고동)

변산은 자고로 천부라고 칭한다

강산의 청승은 영주와 봉래에 비견할 만한데

이는 옥을 깎아 세운 것 같고 절경은 만고에 변하지 않으리.

이처럼 명산대천(名山大川)에 가면 세련되고 절묘한 이규보의 시문(詩文)이 얼마든지 있다. 특히 이규보의 시는 정치(精致)한 자연 묘사, 윤기가 넘치는 이미지를 떠올리다 보면 자신도 모르게 그의 시 세계에 빠져들게 된다. 그런가 하면

少年莫笑揷花翁(소년막소삽화옹)　霜鬢何妨映紫紅(상빈하방영자홍)
日明歸路影(일명귀로영)　較君頭上(교군두상)　一般同(일반동)

소년이여 꽃을 꽂은 이 늙은이를 웃지 마오. 서릿발 같은 흰머리
엔들 자줏빛 붉은빛이 어울리지 않을 까닭이 없잖은가
　달빛 속에서 돌아가는 길에 그림자를 보면 그대의 머리나 내 머
리는 똑같은 것이니라.

'주석에서 소년에게 답한다'라는 제목으로 되어 있는 이 시는 이미 노년에 접어든 사람으로서 가슴을 설레이게 한다. 달빛 속에서 검은 그림자를 보면 소년의 검은 머리, 백발인 노인의 머리나 다를 바 없다. 명월을 영원상하(永遠相下)로 바꿔 놓으면, 인생은 수유(須臾), 어제의 소년이 오늘의 노년이 되는 애절한 한 편의 인생 시이다.
　이규보의 시는 주옥같아 사람들의 심금을 울려 준다. 그런 시가 자그마치 2천 77편에 이른 것으로 조사되었다. 이를 두고 서거정(徐居正)이 그를 가리켜 동방의 시호(詩豪)라고 극찬한 것도 실상은 과찬이 아니라고 하겠다.

우리가 〈적벽부〉를 쓴 소동파는 알아도 이규보는 모른다. 「동국이상국집」은 모르면서 어찌 적벽부와 소동파를 알게 되었을까. 주체성을 찾고 민족정기를 발양한다고 말로는 떠들면서 정작 내 손 위의 보석을 모르는 것과 같은 이치이다. 백운 이규보의 약력을 찾아보면 다음과 같다.

1168년 의종(毅宗) 22년, 경기도 여주에서 이윤수의 아들로 태어남. 1189년 명종(明宗) 19년, 세 번 낙제 후 네 번째 사마시(司馬試)에 1등으로 합격, 1192년 「백운거사어록(白雲居士語錄)」을 지음. 1193년 「서사시 동명왕편(敍事詩 東明王篇)」을 지음. 1199년 신종(神宗) 2년 전 주

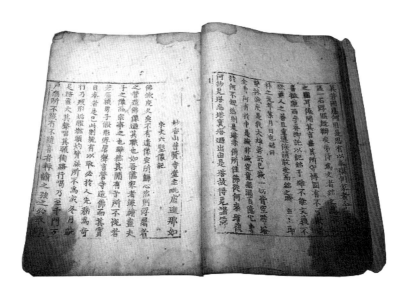

▶ 동국이상국집

우서기가 됨. 1202년 경주에서 난이 있자 구관운동(求官運動)으로서 종군, 1207년 희종(熙宗) 3년, 최충헌(崔忠獻)에게 구관운동을 한 결과 직한림(直翰林)이 됨. 1230년 고종 17년 계속 미관(微官)으로 있다가 위도(蝟島)로 귀양감. 1233년 관직에 복귀한 후 직위가 차츰 높아 감. 1237년 금자광록대부(金紫光祿大夫), 즉 최고의 벼슬을 함. 1241년 74세의 나이로 세상을 떠남.

그는 지금 경기도 강화군 길상면 진강산록에 고이 잠들었다.

연보에 작품명을 기록하지 않은 것은 작품의 숫자를 열거하기가 어려울 정도로 작품이 많다는 점이다. 다작하는 시인이나 작가일수록 질적으로 떨어지는 경향이 많으나 백운의 경우에는 전혀 다르다. 그래서 그를 '동방의 시인'이라 했는지도 모른다.

강직한 몸가짐, 역사에 녹슬지 않는 시인으로 남다

백운은 어려서부터 신동이었다. 또한 그는 당대의 어느 누구보다도 관직에 연연했다. 대기의 문인(汶人) 학자(學者)란 예부터 관직이란 그다지 달가워하지 않는 게 상례였다. 그러나 백운은 관직에 집착했다. 그가 최충헌에게까지 구관(求官)운동을 했다는 것은 역사의 준엄한 심판을 명심하지 않았음에서 비롯된 것이리라.

백운 이규보는 당대 많은 문인들처럼 헐벗고 가난함 속에서 살지 않았다. 오늘날 죽고칠현(竹高七賢)이 세상을 떠났지만 그들이 긴 그림자로 부활하는 것도 따지고 보면 다 절조와 지조를 지켰기 때문이다. 그러나 백운 이규보가 살았던 시대는 분명 난세였다. 고려 창업 이래 200년 동안이나 문신들의 행패로 말미암아 정사(政事)가 해이해지고 마침내 그것으로 인해 무신들의 불만이 노출되기 시작했다. 그것이 바로 정중부의 쿠데타였다. 그때가 1170년, 이규보의 나이 3세 때였다. 그런가 하면 당시 권력가이며, 세도가인 문신(文臣) 김부식(金富軾)의 아들 김돈중(金敦中)이 정중부를 희롱하다가 촛불로 정중부의 수염을 태운 적도 있다고 한다. 견룡대정(牽龍隊正)으로 있던 정중부는 김돈중의 뺨을 때리고 욕설을 퍼부었다. 김부식이 이에 노하여 정중부에게 형을 가하려고 했으나 당시의 왕인 인종(仁宗)이 몰래 도망치게 해서 정중부는 김부식의 화를 면하게 되었다고 역사는 전한다. 이 사건이 모두 정중부의 난이라고 할 순 없다. 다만 무신들의 쿠데타를 일으키는 원인을 제공했다고 하겠다. 정중부는 미관말직에 이르기까지 문신들의 목을 모조리 베라고 추상 같은 명령을 했다.

그리하여 문신들의 시신이 산하를 이루었다고 역사는 기록하였다. 또한 문신들을 이처럼 만신창이로 만든 무신들이 무신들끼리의 싸움을 벌였다. 그 싸움에서 이겨 실세를 잡은 사람이 최충헌이었다. 최충헌은 당시 실력자인 이의민(李義旼) 부자를 죽였다. 그리하여 서정 개혁(庶政改革)이란 대의명분을 갖고 정중부는 권력을 장악했다. 그 이후 최충헌 당대는 물론이고 아들 우(瑀), 손자 항(沆), 증손 의(竩)에 이르기까지 거의 100년 동안을 최씨의 천하로 만들었다. 최충헌은 그의 일생 중 명종을 폐하는 데부터 시작하여 네 사람의 왕(王), 신종,

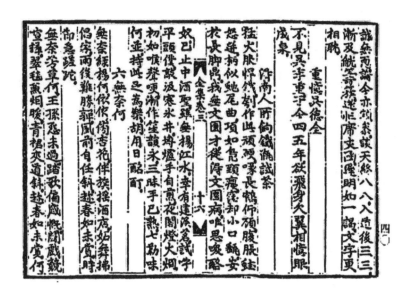

▶ 조선의 차와 선 '남쪽 사람이 보낸 철병을 얻어서 차를 끓여 보다'

희종, 강종, 고종 등의 폐립을 함부로 했으니 고려는 사실상 최충헌의 사유물과 다를 바 없었다고 역사는 전하고 있다.

이규보는 이러한 정권 하에서 사관(仕官)하길 바랐고, 최충헌의 총(寵)을 얻으려고 했다. 그러한 그의 시문(詩文)의 고매함에 접한 독자로서는 이해할 수 없다는 것도 이해가 간다. 그러나 백운 이규보가 관직에 편승해서 사리(私利)를 쟁취할 목적이 아니었다는 것도 곧 알 수가 있다. 몸가짐이 강직하여 모처럼 얻은 관직도 당장 그만둔 사례를 통해 그의 면면을 짐작할 수 있다. 전주목의 서기 시절 중 산대부판위 위사로 있을 때의 기록이 오늘날까지 그의 사람됨을 전하고 있다.

비록 죽림칠현을 모방한 이인로(李仁老), 오세재(吳世材), 임춘(林椿), 조통(趙通), 황보항(皇甫抗), 함순(咸淳), 이담지(李湛之) 등 죽고칠현(竹高七賢)에 함께 어울렸더라면 초연하게 1천 년 역사에 녹슬지 않는 시인(詩人)으로 남아 있었을 것이다. 그가 잠든 묘지 옆으로 손돌목, 광성보, 초지진을 두고 진강산록에 웬놈의 구절초가 풍년이다.

열다섯 번째 이야기

역사의 아이러니 정도전

삼봉 정도전

- 1342~1398(태조 7)
- 고려말, 조선 초의 정치가, 학자
- 1362년(공민왕 11) 문과에 급제
- 1370년 성균 박사, 태상 박사
- 「고려사」 37권 찬진
- 1398년(태조 7) 8월 26일 이방원에게 습격받아 피살

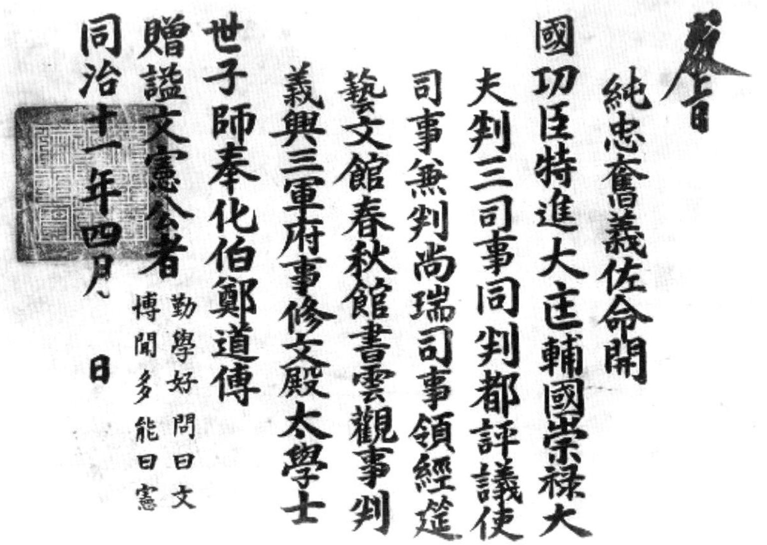

純忠奮義佐命開
國功臣特進大匡輔國崇祿大
夫判三司事同判都評議使
司事兼判尚瑞司事領經筵
藝文館春秋館書雲觀事判
義興三軍府事修文殿太學士
世子師奉化伯鄭道傳
贈諡文憲公者 勤學好問曰文 博聞多能曰憲
同治十一年四月 日

역사의 아이러니

탁월한 시인으로, 사상가로

경기도 안성군 원곡면 산하리와 용인군 남사면 진목리가 만나는 이곳은 유난히 한옥 기와집이 즐비한 고장이다. 이곳에 바로 봉화 정씨가 1백 50여 호 살고 있다. 이들이 바로 삼봉 정도전의 후손들이

살고 있는 집성촌이다. 이들이 이곳에 집성촌을 이루게 된 까닭은 정도전으로 인한 시련과 박해를 피해 와 이곳에 정착했기 때문인 것은 근세사를 펼치지 않아도 쉽게 알 수가 있다.

또한 이곳^(은산2리 거동부락)에는 제법 높은 지대를 택해서 지은 삼봉사당이 있다. 시호를 따서 문헌사^(文憲祠)라 지었다고 한다. 이 사당은 봉화 정씨 문중에서 5백여 평의 대지를 구입해서 1912년에 건립한 것으로 기록되어 있다. 그러나 이 문헌사는 1973년 중수^(重修)했는데, 조선시대의 고유한 양식의 맞배지붕에 한국식 골기와를 얹은 사당이다. 편액에는 유종공종^(儒宗功宗)이라고 기록되어 있었다. 사당 안에는 그리 오래되지 않은 삼봉의 영정과 위패가 봉안되어 있고 사당 왼쪽 판각고^(版刻庫)에는 그의 유작^(遺作)「삼봉집^(三峯集)」을 인간^(印刊)한 목판^(木版) 2백 28장이 정갈하게 보관되어 있었다. 조선조 제22대 정조 15년⁽¹⁷⁹¹⁾에 각판된 삼봉집 목판은 현재 경기도 유형문화재 제132호로 지정되어 있다고 기록되어 있다.

정도전은 고려 말부터 조선 초의 문신^(文臣)으로 태조 이성계를 도와 조선왕조 창업을 주도한 일등 개국공신으로^(1342~1398) 알려져 있다. 그러나 그는 당대의 탁월한 시인이었고, 사상가였으며 정치인이었다.

본관이 경북 봉화인 삼봉의 가계^(家系)는 현족^(顯族)이 되지 못함은 이미 그의 족보에도 나타나 있다. 고조로부터 시작하여 5대인 삼봉에 이르기까지 관직에 등용된 것은 그의 부친 정운경(鄭云敬)이다. 정운경은 진사에 급제하고 공민왕 때에 형부상서(刑部尙書)를 지낸 것으로 기록에 나타나 있다.

정운경은 어려서부터 학문을 좋아하고 유학의 여러 서적들을 탐독했으므로 자연 삼봉에게 지대한 영향을 미쳤던 것으로 짐작할 수 있다. 특히 그의 문집에 나타난 바로는 그에게 정신적 영향을 준 사람은 이색이라고 한다. 당시 이색의 문하(門下)에는 정몽주·이숭인 등 여말 선초를 이끌어 가는 문인·학자·사상가들이 모였었는데, 이들은 열심으로 학문에 정진하면서도 결국에 가서는 서로가 등을 돌리는 관계가 되고 말았다.

공민왕 11년(1362) 그는 진사 시험에 합격했다. 그의 학문의 대성은 회진현에서의 유배 생활, 뒤이은 향리에서의 전원생활 속에서 이루어진 것이라고 할 수 있다. '심문천답(心問天答)', '학자지남도(學者指南圖)', '팔진삼십육변보(八陳三十六變譜)', '태을칠십이도(太乙七十二圖)' 등의 저작은 대체로 유배 생활에서 얻은 저작이다. 최진현, 소재동(消災洞), 부곡민(部曲民)과 생활하면서 남긴 시문(詩文)으로 '금남잡영(錦南雜詠)', '금남잡제'가 있다.

그는 개국공신 1등으로서 문무에 걸쳐 신하가 차지할 수 있는 최고의 자리를 역임했다. 그가 관직을 역임하는 동안 많은 치적을 쌓은 것도 빼놓을 수가 없다. 그 첫째가 '조선경국전(朝鮮經國典)'을 비롯한 새 왕조의 기초를 문서로써 밝힌 저작이고, 둘째는 수도 이전이다.

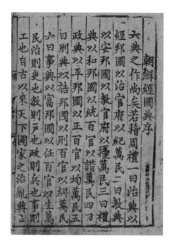
▶ 삼봉집

당초 수도를 계룡산 기슭 신도안으로 하자는 주장이 있었는데 정도전의 의견이 인왕산 아래여야만 된다고 설득하여 마침내 현재의 자리로 결정되었던 것이다.

삼봉 정도전과 정몽주 두 사람은 이색의 제자였다. 그러나 정몽주는 수구세력, 정도전은 개혁파로 새 왕조를 세워야 한다고 주장했지만 이 두 사람은 똑같이 이방원에게 목숨을 잃게 되는 아이러니가 있다.

고려 우왕 1년⁽¹³⁷⁵⁾ 반원정책^(反元政策)을 주장하다 나주로 귀양을 간 정도전은 우왕 9년⁽¹³⁸³⁾에 이성계의 막하에 들어갔다. 이성계가 위화도^(威化島)회군 후 정치권력을 잡게 되자 삼봉은 조준과 함께 오른팔이 되어 공양왕 4년⁽¹³⁹²⁾에는 드디어 이성계를 추대하여 조선왕조를 개국한다.

삼봉은 조선 창업 후 판의흥^(判義興) 삼군부사^(三軍府事) 등 문무 요직을 맡는 한편, 국책에 영향력을 행사했다. 한양 천도 당시 궁궐과 종묘의 위치, 도성의 각 궁전 및 궁문의 칭호, 도성의 8대문, 성내^(城內) 사십팔방^(四十八坊)의 이름 등을 제정하기도 했다. 또한 몽금척^(夢金尺), 수보^(受寶), 문덕전^(文德典) 등 수많은 악장을 지어 태조의 공적을 찬양했는

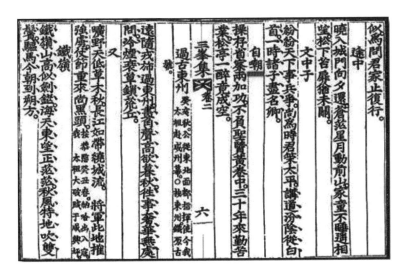

▶「삼봉집」에 실린 〈자조〉

데 이 악장은 조선 5백년간 중국에서도 연주되었다고 전한다. 그런데 이때 명태조 주원(朱元)이 정조표(正朝表, 명나라에 보내던 정월 축하 인사문) 가운데에 명나라를 모욕하는 글귀가 있다고 하여 표전(表箋)을 지은 정도전을 잡아 보내라고 하여 이에 격분한 정도전은 요동정벌 계획을 세우고 진도(陳圖)에 의해 조련하던 중 태조 7년(1398), 이방원(나중에 太宗)의 습격을 받아 목숨을 잃게 된다.

태종은 세자 방석(方碩)에게 당부하여 먼저 난을 일으켰기에 군사를 일으켰다고 하나 실은 태종이 정권을 잡기 위해 일으킨 변란으로 희생된 것이다.

참된 '충'이란 누구를 위한 것인가

역사 속의 인물이란 반드시 난관을 헤쳐 싸워 나갈 때엔 칭찬의 대상이 되었다가 일단 안정시대에 들어가게 되면 그 빛이 퇴색해 버리기 마련이다. 삼봉에게 있어서는 우선 동지들에게 있어서도 거북한 존재가 되어 버렸다. 이성계를 도와 오늘을 이룩한 조준조차도 삼봉에게 반감을 가지게 되었다. 이것은 역성혁명에 반대했던 미묘한 세력의 움직임이었다. 새 왕조에게 신속되긴 하였으나 마음으로 동화될 수 없다는 양심적인 것이 마침내 정도전에게 적대한 것으로밖에 이해할 수가 없다. 특히 변계량, 하륜, 권근이 세력의 대표적인 인물들이었다.

특히 삼봉은 이성계의 마음을 받들어 방석의 세자 책봉에 동조함으로써 방원의 미움을 사고 있었다. 방원은 정몽주를 암살함으로써 아버지 이성계가 등극하는 길과 시간을 단축한 왕자였다. 그만큼 그는 야심만만한 인물이었다.

이런 와중에서 1398년 8월 26일 삼봉은 안타깝게도 방원의 종인 소근(小斤)에게 목이 잘려 죽었다. 실록에는 다음과 같이 기록되어 있다.

26일 기사(己巳), 봉화백(奉化伯) 정도전(鄭道傳), 의성군(宜城君) 남(南)언, 심효생(沈孝生) 등이 몰래 제왕자(諸王子)를 살해할 모의를 하다. 장안군(靖安君) 방원(芳遠)이 이 일을 알고 거사(擧事)하다. 정도전 등 모두 주살(誅殺)되다. 익일 영안군(永安君) 방과(芳果) 세자(世子)가 되다.

이어 실록 정종^(定宗) 즉위년^(卽位年) 9월 17일 항에, 다음과 같은 기록이 보인다. 간추리면 다음과 같다.

왕(定宗), 정안공 방원과 정사공신^(定社功臣)을 논제하고, 도승지^(都承旨)를 시켜 전지^(傳旨)하여 가로되, 국가 창업 말구^(末久)하니 진실로 단본정시^(端本正始)로서 천명으로 알고 조^(祚)를 만세에 전할지니라. 불행하게도 간신^(奸臣) 정도전, 남은 등이 상왕^(上王)이 병중에 있음을 기화로 어린 왕자^(王子)를 끼고 난을 일으켜 우리 제형^(諸兄)을 죽여, 기성의 업^(業)을 번복하려고 할새 화^(和)는 불즉^(不則)에 있었다. 이에 화^(和) 방의^(芳毅) 방간^(芳幹) 방원 이백경^(李伯卿) 조준 김사형^(金士衡) 이무 하륜, 이거이^(李居易), 조영무 등이 분충결책^(奮忠決策), 정난반정^(定難反正)하여 종사^(宗社)를 안태롭게 하다.

이 다음에 심종^(沈宗) 장사길^(張思吉) 등 수십 명의 이른바 이 사건에 있어서의 공신들을 열거하고 "공로 중대하여 영세난망^(永世難忘)이로다. 포상의 전^(典)을 유사^(有司)는 거행하라."고 했다.

18일엔 정도전, 남은, 심효생, 장지화, 이근 등의 가산^(家産)을 몰수하라는 영이 내린다.

이렇게 해서 조선왕조를 만든 정도전은 개국한 지 7년 만에 역적의 낙인이 찍혀 5백 년 동안 그 수모를 견디어야만 했다. 실록은 권력을 잡은 자의 편이다. 정도전에 관한 일언일구인들 용납될 리가 없다.

오늘날 대부분의 학자들은 태종을 중심으로 한 반 정도전파의 조작이라고 보는 견해가 지배적이다. 정도전 같은 공신이 역적으로 몰리어 멸문지화(滅門之禍)를 당할 수 있다는 사례는 역사적 아이러니이다.

　지금 삼봉은 가고 그가 지은 시는 우리의 가슴을 적시고 있는 이때 새삼 감회가 새롭다 하지 않을 수 없다.

　　비옥하고 풍요할진저 기전의 천 리
　　안팎의 산하는 두 사람이 백 명을
　　당할 수 있을 만큼 험준하고
　　덕과 교가 형세를 곁들였으니
　　역년은 천세기를 기약할 수가 있다.

　　沃饒畿甸千里(옥요기순천리)
　　表裏山河百二(표이신하백이)
　　德敎得兼形勢(덕교득겸형세)
　　歷年可卜千紀(역년가복천기)
　　一畿甸山河(일기전산하)

　　높은 성은 천길이나 되는 쇠항리 같고
　　오색의 구름이 봉래를 둘렀다
　　영녕이 상원에 앵화 가득하고
　　세세로 도성 사람 즐겁게 논다.

　　高城鐵甕千辱(고성철옹천욕)
　　雲繞蓬萊五色(운요봉래오색)
　　年年上苑鶯花(연년상원앵화)
　　歲歲都人遊樂(세세도인유악)

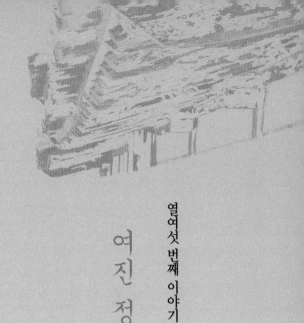

열여섯 번째 이야기

여진 정벌의 기수 윤관

동현 윤관

- ?~1111(예종 6)
- 고려의 명신, 장군
- 동궁시강학사
- 문종 때 과거에 급제
- 1104년 병마도통에 임명
- 어려서부터 항상 오경을 손에서 놓지 않았다고 함

여진 정벌의 기수

인왕산처럼 견고한 바위, 윤관 장군

고려시대의 해동 명장(名將) 문숙공 대윤관(大尹瓘) 장군. 이름 앞에 접두사 대자(大字)를 붙이게 돼도 후손인 우리는 떳떳하고 긍지스럽다. 인물은 시대와 역사를 창조한다. 인간은 백년도 살지 못하지만 인간이 이룩한 위업은 영세불망(永世不忘)이다. 대윤관. 그는 우리 역사에서 우뚝 솟은 참대 같은 걸출한 인물이었다.

아니 인왕산^(仁王山)처럼 견고한 바위와 같은 영걸^(英傑)이었다.

임이 가신 지는 까마득한 옛날이다. 그러나 그의 공업^(功業)은 오늘에 이어 천추에도 길이 빛날 것이다. 인생은 무상^(無常)하나 묻힌 역사를 되살리는 기능을 가지고 있다.

고려사^(高麗史)에 보면 문숙공 윤관 장군은 고려 창업 공신 태사공 윤신달^(尹辛達) 장군의 고손자가 된다. 장군의 아버지 집형^(執衡)은 검교 소부소감 소부사^(檢校少府少監 少府寺)라는 관직은 공기^(工技)와 보장^(寶藏)을 담당했다. 이 직책은 궁중에서 사용되는 귀한 물건들을 보관하고 출납하는 직책이다. 오늘날의 관직으로는 차관급^(次官級)에 해당하는 벼슬이다.

윤관 장군은 어느 해에 태어났는지 그 출생이 기록된 문서가 없다. 다만 유소년 시절에서부터 학문을 사랑했으며 손에서 책을 놓은 일이 없다고 기록되어 있다. 그가 장상^(將相)이 된 후에도, 전쟁터에 출전할 때에도 늘 경서^(經書)를 휴대품 속에 넣고 다녔다고 전한다. 뿐만 아니라 착한 것을 좋아하고 어진 것을 즐겨했다고 한다.

윤관 장군은 문종^(文宗) 때에 과거에 급제하여 여러 벼슬을 거쳤다. 숙종 3년⁽¹⁰⁹⁸⁾ 7월에는 동궁시강학사^(東宮侍講學士)에 임명되었다. 오늘날에 비견한다면 대통령의 아들을 가르치는 스승의 한 사람이랄까.

윤관 장군은 이때 송^(宋)나라에 사신으로 갔다. 송나라에 국내 상황을 통보하게 되었다. 내용인즉 숙종이 조카인 헌종의 뒤를 이어 왕위에 올랐음을 통지한 일이었다. 윤관 장군은 그 뒤로 감찰 부서인

어사대부(御使大夫)로, 이어 행정 담당 부서인 이부상서(吏部尙書)를 역임한 후에 궁궐을 경비하고 임금의 명령을 하달하며 국가 기밀을 다루는 추밀원 지사(知事)도 역임했다. 윤관 장군은 사실상 글씨도 잘 쓰고 탁월한 문장력과 더불어 인품이 호방하고 사나이다운 기개가 넘쳤다고 한다. 그런 그는 한림학사승지(翰林學士承旨)도 겸임했다.

고려 현종(顯宗) 때 강감찬 장군이 거란을 물리쳤다. 그러나 그 후의 국내외 정세는 북방의 여진족 때문에 골머리였다. 그때엔 여진족은 만주(滿洲)의 길림(吉林)을 중심으로 7개 부족들이 여기저기 산재하여 살았다.

고구려 시대에는 말갈이라 하여 고구려의 지배하에 들어 있었다.

▶ 여진 정벌 기록화

고구려가 멸망한 후에는 여진족도 고구려 유민들과 더불어 발해(勃海)를 건설하기도 했다. 그러나 발해는 거란에 의해 망했다. 그런 후 서북쪽에 있던 서여진(西女眞)은 거란의 통제하에 있었으면서도 비교적 개화했다.

그러나 동북쪽에 위치하고 있던 동여진은 거란의 통제가 전혀 미치지 못했다. 그러므로 그들은 자유분방하게 제멋대로 행동하였다. 동여진 가운데에서도 완안부(完顔部)라는 부족들은 기반이 강하여 만주 지방의 다른 부족들을 통합시켰다. 그러므로 함경 지방에 살던 여진들까지도 장악하였고, 마침내는 함흥평야까지 침략했다.

고려는 이들에게 유화 정책을 썼다. 그러나 그들은 복종하는 체하나간 또다시 침략하며 약탈하고 노략질을 일삼곤 했다. 그러므로 고려의 북방 지역은 하루도 바람이 잘 날이 없었다.

만리장성을 쌓는 대역사 시작하다

이에 고려는 여러 가지 방책을 강구하던 끝에 덕종 2년(1033)에 종전에 쌓았던 여러 성을 연결하여 그 유명한 천리장성(千里長城)을 쌓는 대역사가 시작되었다. 높이가 자그만치 25척, 폭이 25척을 석성(石城)으로 10여 년에 걸쳐 덕종 다음의 후계자였던 정종 10년(1044) 경에 드디어 완성을 보았다. 평안북도 의주에서 시작하여 운산, 개천, 희천, 맹산을 거쳐 함경남도 영흥을 지나 정평(定平)의 해안에 이르는 데까지 문자 그대로 천리장성을 쌓았다.

고려는 이미 천리장성의 성축을 시작하기 전부터 여러 차례 여진 정벌을 계획하고 있었다. 그러나 그러한 계획이 조정에서는 결단력 있는 시행을 보지 못하고 지지부진했었다.

이러한 즈음에 여진은 내륙 깊숙이 쳐들어왔을 뿐만 아니라 배를 타고 동해로 계속 남진을 감행했다. 동해 해안은 물론 울릉도, 멀리는 대마도 일본의 북구주까지 침략해서, 인명을 살생하고 방화까지 했다. 또한 사람은 물론 물산 등도 계속 약탈했다.

현종 2년(1101) 8월에는 1백여 척이나, 되는 배를 인솔하여 경주를 침범한 것을 비롯하여 그 후 80여 년 동안 함경남도의 문천·덕원·안변, 강원도의 통천·고성·간성·양양·강릉·삼척·평해, 경상북도의 흥해·영일 등지가 바로 그들의 약탈지였다. 그 가운데에서 울릉도에 사는 사람들은 여진족 노략질에 견디다 못해 뭍으로 건너와 정착했다.

현종 10년(1019) 4월에 고려국 수군은 일본을 침탈하고 돌아오는 여진족 해적선단 50여 척을 함경남도 덕원 앞바다에서 유인하여 여진족의 선단을 8척이나 납포했는데 이 배에는 끌려온 일본인 남녀 259명이 있었다.

고려는 이들을 일본으로 다시 되돌려 보내주었다. 여진족은 변방의 육지와 바다에서 이처럼 종횡무진 침략을 일삼았다. 이것은 고려국으로서는 심각한 우환이었다. 그러나 고려는 막강한 수군을 양성해야 한다는 목표를 세웠다. 늦게나마 바다는 여진족의 침략을 막아

낼 수가 있었다. 하지만 육지에서의 방어는 말대로 쉽지가 않았다.

숙종 8년⁽¹¹⁰³⁾경에 여진족의 우두머리 완안부의 추장이 되자 여진족은 남진으로 침략 정책을 활성화하기 시작했다. 이들은 함흥평야에서 살면서 고려국에 예속되어 있던 여진족들을 통합하고 다음해 1월에는 정평의 성밖에까지 와서 주둔했다. 고려국은 이들을 그대로 방치할 수 없어 임간을 총사령관으로 하여 이들을 정벌토록 하였으나 2월 8일의 전투에서는 대패하고 말았다. 여진족들은 작은 성을 넘나들며 약탈·살상을 일삼았다. 이때 추밀원의 척준경의 용전분투로 가까스로 위난을 모면했다.

척준경은 미관말직에 있으면서도 위난을 잘 막아 냈다. 고려의 관등은 18개 직제로 정1품부터 종9품까지 각각 상하로 구성되어 있었다.

척준경은 이 18개의 관등에도 못 드는 미관말직으로 하사관급에 속했다고 하겠다. 이때 임간의 참패한 보고를 받은 고려 조정은 그해 그달 22일 윤관 장군을 동북면행영병마도통^(東北面行營兵馬都統) 즉, 동북 방면의 총사령관에 임명했다. 임금으로부터 생사여탈권을 상징하는 부월^(斧鉞)을 받은 윤관은 많은 군사들을 거느리고 북행길을 떠났다.

여진 토벌에 전력을 기울이다

정평에 도착한 윤관은 3월 4일 성문을 열고 나가 전투에 임했다. 그러나 기동력과 함께 단련된 여진족을 고려군이 상대할 수 없었다.

이대로 적과 싸우다간 전멸할 수밖에 없는지라 일단 휴전하고 정평의 성중으로 퇴각했다. 윤관 장군은 적과 싸워 이길 수 있는 길은 기병(騎兵)을 양성해야 할 것 같아 임금께 상황과 실정을 낱낱이 보고했다. 임금으로부터 재가를 얻어 기병을 양성하고 훈련하면서도 적군의 동향을 예의 관망하면서 기회를 노리고 있었다.

그런데 여진군이 화평을 제의해 왔다. 여진군에게도 내부적으로 무슨 문제가 있었던 모양이었다. 윤관은 화평에 응하면서도 강군을 계속 훈련 양성했다. 이때가 숙종 9년(1104) 12월의 일이었다. 이런 가운데 조직된 군대가 별무반(別武班)이었다. 편제는 신기대(神騎隊) 승병단 신보(神步), 화공(火攻), 활부대 등이었다.

윤관 장군은 적을 무찌르는 데 있어 필승하도록 천지신명께 간절히 빌고 기원했다. 이로부터 3년 후, 20세 이상 사내들을 징집, 맹훈련은 물론, 식량, 무기의 비축에도 심혈을 기울였다. 이 기간 동안 윤관 장군은 부수상급인 중서시랑평장사로 승진했다. 그러나 숙종은 전승을 보지 못하고 다음해 10월 세상을 떠났다. 아들 예종이 대를 이었다. 그런데 예종 2년(1107) 10월 여진족들의 거동이 수상쩍었다. 조정에서는 이 기회에 여진을 정벌하기로 결정하고 총사령관인 원수로 윤관을, 부원수에 오정룡(吳廷寵)을 임명했다. 아울러 전군(全軍)에 명령을 내려 평양에 집결토록 했다. 일관(日官)의 점괘로 보아 출전군은 서경인 평양에서 출발하는 것이 좋겠다고 했다.

12월 1일. 위봉루에서 임금으로부터 부월을 받은 윤관이 17만 대군

▶ 북관유적도첩의 척경입비도

을 지휘하여 지금의 평원선(平元線)을 따라 반도를 횡단한 다음 원산에서 북상, 정평에 당도한 날이 13일. 전군을 5개 군단으로 나누어 4개 군단은 육로로, 나머지 1개 군단은 정평 부근에서 배로 북상 출격하였다. 일시에 함흥평야도 평정하였다. 조정에 전승을 보고했다.

각지에 장수를 파견, 성을 쌓고 남쪽의 백성을 옮겨 살도록 했다. 이때에 쌓은 성이 6개. 함주(咸州)에 대도독부를 두어 전체 점령지역을 통치하도록 했다. 다음해 성을 쌓으니 모두 9개 성이었다.

패퇴하던 여진군은 다음해에 이르자 추장 우야소가 진두지휘하여 반격으로 남진해 왔다. 1월 14일 윤관 장군과 오연총이 8천 병력으로 반격하다가 오연총은 적의 화살을 맞아 부상하고 부하들은 뿔뿔이 흩어졌다. 윤관 장군은 매우 위급하게 되었다. 이때 척준경이 큰 몫을 했다. 지난번 임간(林幹) 휘하에서도 위기를 극복했고, 이번 전쟁에서도 용맹을 떨친 바 있다. 딴 길로 가던 척준경이 수명의 졸병을 거느리고 윤관을 구하려고 하자 아우 준신이 적군이 강세이니 헛된 일이라고 충고했다.

그러나 척준경은 듣지 않고 동생에게 "너는 고향에 돌아가 부모님을 잘 모셔라. 나는 나라에 바친 몸이니 의리상 돌아갈 수가 없구나." 했다. 그리곤 함성을 지르면서 적진으로 돌격하니 산속에서 기회를 보던 최홍정, 이관진 등 장수들이 나와서 가세했다. 도망치는 여진족을 추격하여 많은 적군을 포로로 붙잡았다.

영주성으로 돌아온 윤관 장군은 척준경의 손을 붙잡고 감격하여 그 자리에서 수양아들로 삼았다. 집이 가난하여 배우지 못한 척준경은 건달로 떠돌다가 어찌어찌하여 문종의 셋째아들 계림공 저택의 심부름꾼 노릇을 했다. 계림공이 왕위에 오르자 미관말직에 오른 그는 기이한 인물이었다. 윤관은 척준경의 공적을 조정에 보고하여 정7품 벼슬에 오르도록 했다. 척준경은 그 후 여러 번 공을 쌓은 후 예종 다음 임금인 인종(仁宗) 때에는 최고의 벼슬인 문하시중까지 역임했다.

윤관이 위기를 겨우 모면한 지 10여 일 후, 여진군 2만 명이 또 영주성으로 몰려들었다. 윤관은 성을 굳게 지킬 생각이었으나 척준경은 결사반대를 했다. 여기 이대로 전투에 임했다가는 양식도 떨어지고 지원군도 안 오면 큰일이라면서 척준경은 결사대를 조직하여 출격했다. 격렬하고도 치열한 전투에서 척준경은 적을 물리치고 돌아왔다. 이 싸움이 끝난 후 윤관 장군은 함주로 옮겼다.

2월 11일 여진족 군병들 수만 명이 웅주성을 포위했다. 장수 최홍정이 나아가 많은 전과를 올렸지만 여진족들은 물러갈 기색도 없었다. 식량은 고갈되고 원군은 안 오고, 이때 척준경이 변장을 하고 포위망을 뚫고 성을 넘었다. 정평에 가서 척준경은 구원군을 이끌고 뱃길로 북상하여 서호진(西湖津)군에 도착했다. 그대로 동진하여 웅주를 포위하고 여진족을 괴멸시키고 말았다. 이 전투 후 류택(柳澤)이 함주 대도독 부사로 임명되었고 윤관은 사로잡은 포로와 마소를 조정에 바쳤다.

윤관은 오연총과 개성으로 돌아왔다. 왕은 개선장군에게 진국공신 (鎭國功臣)의 호와 문하시중의 벼슬을 내렸다. 그러나 생활 터전을 잃은 여진족은 또다시 결사적으로 침략을 감행했다. 두 장수가 개선 직후 또다시 웅주성은 여진족들로부터 포위당하고 말았다. 윤관은 개선 3개월 만인 7월에 또다시 출전하여 적과 곳곳에서 혈전을 벌였다. 고려군은 윤관 오연총의 지휘 하에 잘 싸웠다.

여진 정벌의 기수 윤관

그러나 여진족이 화평을 요청했다. 윤관은 전략적으로 통찰하고 유리한 조건으로 화평을 맺도록 하기 위한 사신을 개성으로 들어오게 했다. 여진족들의 조건은 9개 성을 돌려 달라는 것이었다. 이 염치없는 조건이 어전회의에서 점령지를 그대로 돌려주기로 결정되었다. 7월 18일 고려군은 점령지에서 눈물을 머금고 철수를 했다. 전장에서 이기고 정치마당에서 진 아이러니한 철수 상황으로 이에 그치지 않았다.

개성에 있던 재상 최홍사(崔弘嗣)는 윤관을 패군지장으로 몰았다. 모략중상에 의해 윤관 장군은 공신호와 벼슬도 삭탈당했다. 다음해인 5월 12일 윤관에게 문하시중의 벼슬을 내렸으나 사양하고 받지 않았다. 파란만장한 국난의 역사에서 윤관은 있는 힘을 다해 국토를 넓히고 여진족을 막아 냈다. 그런 그는 마침내 벼슬까지 삭탈당하고 권력의 무상을 깊이 깨달았으리라. 예종 6년 5월에 그는 세상을 떠났다. 사후 871년 묘역을 정비했다. 그는 지금 파주군 광탄면 분수리에 잠들어 있다.

열일곱 번째 이야기

시와 풍류와 권력을 두 손에 쥔 정철

송강 정철

- 1536(중종 31)~1593(선조 26)
- 조선의 정치가, 시인
- 1562년 문과에 장원
- 함경도 암행어사
- 윤선도와 한국 시가사상의 쌍벽
- 1589년 우의정

시와 풍류와 권력을 두 손에

고전 시문학사에 꺼지지 않는 불씨

매창(梅窓) 아져빗. 향기(香氣)에 좀을기니
산옹(山翁)의 ᄒ.올 일어 곳 업도 아니ᄒ다
울밋·양지경(陽地梗)의 외씨를 비허두고
ᄆ.거니 도도거니 빗김의 달화내니
청문(青文) 고사를 이제도 잇다 ᄒ다.

이 작품을 해석하면 아래와 같다.

매화 핀 창, 스며드는 햇살에 섞여 스며드는 매화 향기에 잠을 깨다
산촌에 숨어 사는 선비의 할일인즉 아주 없지도 아니하다
울타리 밑의 햇빛이 잘 드는 쪽에 외씨를 뿌려 두고 김을 매기도 한다

흙을 북돋아 주기도 하며 비가 온김에 밭을 손질하기도 한다

옛날 진(秦)나라 소평(邵平)이 벼슬을 그만두고 장안성 동남문 밖에서 오이를 심고 살았는데 이런 사람이 또 있다고 하겠구나.

이 얼마나 멋진 글인가. 풍류와 시정(詩情)이 물 흐르듯 한다. 이 정서는 우리를 매혹시킨다.

그런데 송강 정철은 그가 태어난 고향도 아닌 충청북도 진천군 아늑한 산골짜기에 묻혀 인생의 덧없음을 무언으로 우리에게 가르쳐 준다. 부귀공명이 다 부질없고 오직 훌륭한 문학만이 영원함을 침묵으로 말해 준다.

가을비가 뿌리는 궂은 날씨였다. 그러나 나는 우리 고전 시문학사에 꺼지지 않는 불씨 송강 선생을 늦게나마 찾아 나선데 대하여 야릇한 흥분을 감출 수가 없었다. 그가 바로 가사문학의 대표, 정철 선생이다. 그의 묘소는 충북 진천군 문백면 봉죽리 어은동에 있다.

송강 정철 선생을 빼놓곤 우리 고전문학을 논할 수 없다. 그는 문인으로서 학자로서 정치인으로서 파란만장한 삶을 살았던 분이었다. 그가 성산별곡, 사미인곡, 속미인곡, 관동별곡 등 빼어난 작품을

썼다는 점에 있어서 누구도 그분의 업적에 이의를 달 사람이 없다.

그러나 송강은 정치인이었다. 그가 명종 17년[1562] 27세로 문과에 급제했다. 그리하여 성균관 전적(典籍) 겸(兼) 지제교로 임명되었다. 이어 선조 13년[1580] 1월, 45세로 강원 감사로 부임했다. 또한 강원 감사 1년 만에 전라 감사로 전임되었다. 전라 감사 1년에 또 서울로 소환되어 예문관 직제학이 되었다. 곧바로 예조참판으로 옮겼다.

그러나 당쟁에 휘말려 함경 감사로 쫓겨 나갔다가 얼마 안 되어 다시 예조판서로 승진했다. 나이 48세, 선조 16년이었다. 송강은 율곡이 세상을 떠난 후 대사헌에 임명되었다.

▶ 송강문집

그러나 조정에는 율곡처럼 공정하고 중심 있는 인물이 없어 당쟁은 날로 치열해졌다. 송강은 고립무원에서 마침내 신변을 정리했다.

부모님이 묻힌 고향에 머무르다가 전라도 담양 송강정으로 물러가 사미인곡, 속사미인곡, 성산별곡 등 후세에 영원할 작품을 남겼다. 성산별곡은 이 일대 자연을 읊은 노래였다.

송강은 선조 22년⁽¹⁵⁸⁹⁾ 11월 우의정으로 발탁, 다음해 1월 좌의정으로 기용되었다. 또한 세자 책봉 문제로 함경도 명천으로 다시 귀양길을 올랐다.

선조 25년⁽¹⁵⁹²⁾에 마침내 임진왜란이 터졌다. 그해 송강은 개성 사람들의 상소와 요구로 이내 석방되었다. 송강이 남하하고 선조가 북상하는 길에 우연히 평양에서 마주쳤다. 그 후 송강은 임금의 부름에 따라 충청·전라도 체찰사로 나갔다. 그런 이듬해 정철은 명나라 사은사(謝恩使)로 갔다. 거기에서 황달병에 걸려 고국으로 돌아왔으나 치료가 불가했다. 그는 젊은 날의 패기와 의기(義氣)와 신념을 갖고 국정에 참여했다.

그러나 그에게 남은 것은 무엇인가? 부귀·공명 그것은 아무 흔적도 없다. 연기처럼 사라졌을 뿐이다. 송강은 마침내 가사문학의 금자탑을 쌓은 채 1593년 12월 18일 파란만장했던 일생을 58세로 마감했다.

송강정에 흐르는 「사미인곡」, 「속미인곡」

광주에서 동북으로 18킬로미터쯤 가면 정철이 낭만과 풍류를 쏟아내던 송강정(松江亭)이 있다. 거기가 행정구역으로는 전라남도 담양군

고서면 원강리 274번지이다. 여기에서 고개를 들면 정자가 보인다. 8
각에 정면 4간, 측면 4간의 기와집이다. 이 마을에 송강의 13대 자손
들이 아직도 살고 있다. 젊은이는 대처로 나가고 늙고 병든 노인들
만이 고향을 지키고 있다.

송강정에 올라 현판을 읽어 보니 선조 17년(1584)에 송강이 대사헌에
서 퇴직하고 전부터 있었던 죽록정을 보수하여 송강정이라 이름했
다고 한다.

송강의 부친은 유침이었다. 그는 슬하에 아들 4형제를 두었다. 이
름이 자(滋), 소(沼), 황(滉), 철(澈)이었다. 정철은 4형제 중 막내이다. 송
강은 호, 자(字)는 계함(季涵), 중종 31년에 서울 삼청동에서 출생했다.
송강의 큰 누님은 인종의 숙의(淑儀), 즉 왕비 다음이었고, 작은 누님
은 월산대군(月山大君)의 손자 계림군(桂林君)의 부인이었다. 월산군은 즉,
성종(成宗)의 형이었다.

왕실과 근친관계에
있는 송강은 유시적
(幼時的)부터 궁중에 출
입했을 것으로 보인
다. 인종의 이복동생
인 경원대군(慶原大君)은
송강보다 나이가 두
살 아래로 같이 어울

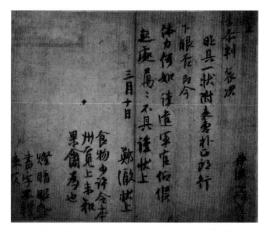

▶ 송강 정철의 편지

려 놓았을 것으로 짐작되니 송강의 젊은 날은 권력의 그늘에서 살았다고 하겠다.

송강이 열 살 때 인종이 세상을 떠났다. 여덟 살의 경원대군이 임금자리에 올랐다. 그가 바로 명종(明宗)이다. 임금이 나이가 어려 그의 어머니 문정왕후(文定王后)가 섭정을 하기에 이르렀다. 이때 송강 정철은 운명의 시련을 겪게 되었다. 그는 영악하고 치밀한 여자여서 인종의 장례도 채 치르기 전에 반란을 일으키기 시작했다. 많은 신하와 학자들을 귀양시키고 참살시켰다. 그것을 이름하여 을사사화라고 일컫는다.

송강의 집안도 예외없이 사화의 소용돌이 속에 휘말려 들었다. 매부 계림군은 반역으로 몰려 능지처참되고 형 자도 함경도로 유배되어 그곳에서 죽었다. 송강의 가문도 하루아침에 박살나고 말았다.

송강의 나이 열네 살 때 둘째형 소(沼)가 순천에 있다는 소문을 듣고 찾아 나섰다. 가는 길에 날씨가 더워 무등산 계곡의 맑은 물에 목욕을 했다고 한다. 지금 그 장소를 가리켜 조대(釣臺)라 일컫는다. 이때 김덕령 장군의 증조부가 되는 김윤제(金允悌)가 나주 목사를 사임하고 고향에서 은거 생활을 하고 있었다.

김윤제가 낮잠을 자다가 조대에서 용이 하늘로 올라가는 꿈을 꾸었다. 꿈이 이상해서 그곳에 가 보라고 하인에게 일렀다. 그때 열 살이 갓 넘은 듯한 소년이 송강 정철이었다. 하인이 이 소년을 데리고 김윤제에게 데리고 가니 귀골에 비범한 인상이었다. 그를 면담하여

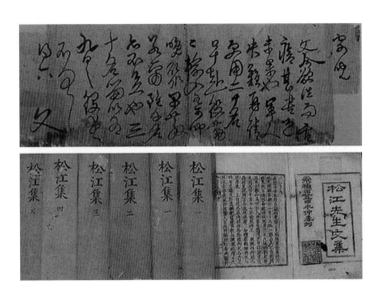

▶ 송강문집

자초지종을 들은 김윤제는 환대하고 돌봐 주기로 약속했다. 송강은
김윤제의 당질이 되는 김성원(金成源)과 친구가 되었다고 한다. 송강
정철은 운좋게 을사사화를 피해 식영정(息影亭)을 짓고 숨어 살았다.
그는 고통과 슬픔을 삭이면서 가사를 쓰기로 결심했던 것으로 짐작
된다.

을사사화 때 계림군은 도망쳐 함경도 안변(安邊)의 황룡산에서 땅을
파고 은둔했다. 그러나 계림군은 뒤를 쫓는 관원들에게 발각되어 마
침내 달근질과 압슬형을 받다가 고문에 못 견뎌 세상을 떠났다.

송강은 역사에 밝혀진 바에 의하면 정직하고 청렴했다. 명종의 근
친인 경양군이 처남을 죽인 사건이 일어났었다. 명종이 송강에게 목

숨을 건져 주라고 압력을 넣었지만 송강은 법대로 사죄(死罪)를 내렸다고 전한다.

이런 성품은 오늘을 사는 우리에게 문인으로서의 그의 자질을 나타내 주고 있다. 그러나 정치인으로서는 관용과 포용력이 부족하다는 비난을 산다 하겠다.

송강은 김윤제의 외손녀 유(柳)씨와 결혼했다. 또한 당대의 고명한 스승으로 기대승, 김인후를 모시고 학문과 시업을 닦았다.

송강은 고향보다는 송시열의 권유로 진천에 잠들고 있다. 문득 송강의 시를 읊조리는데 머리 위에 하이얀 백로 세 마리가 무엇인가 은유를 내뱉곤 훨훨 날았다. '생거진천(生居鎭川), 사후용인(死後龍仁)'이라는 이곳에 송강은 그냥 무덤으로 살아 있는 것 같았다.

열여덟 번째 이야기

양심의 불꽃 면암 최익현

면암 최익현

- 1833(순조 33)~1906(광무 10)
- 경기도 포천 출생
- 조선의 정치가로서 배일파의 거두
- 1855년 문과에 급제
- 전라도 순창에서 의병을 일으킴
- 쓰시마섬 유배, 단식으로 사망

지조와 자주의 횃불

진정한 선비, 칼날 같은 파사현정의 기백

장항선 예산역에서 내리면 눈앞에 '대흥 광시·청양행'을 알리는 표지판을 단 시외버스가 그릉거리는 엔진 소리를 내면서 기다리고 있다. 버스에 오르면 질펀한 들판을 가슴에 안고 오가에 다다른다. 여기에서부터 끝없이 펼쳐진 사과나무 과수원이다. 옛날 같았으면 황금알을 낳는 신기루 나무였으리라.

그러나 지금은 그토록 많이 열린 사과는 인건비도 안 돼 냉대를 받고 떨어져 땅에 묻혀야만 하는 세월이 되었다. 어찌 인생이 무상타 하지 않으랴… 우뚝우뚝 선 사과밭을 양쪽으로 20리쯤 가다 보면 홍성으로 가는 길과 대흥 광시로 가는 Y자 길이 나온다.

여기에서 왼쪽으로 가면 평촌 고개가 눈앞에 막아서고, 그 고개를 넘어서면 바다처럼 드넓은 예당저수지가 펼쳐진다. 저수지로서는 남

한에서 둘째 안에 드는 커다란 저수지란다. 이 저수지 발원(發源)은 장장 80리나 된단다.

보령군 청라면 오서산과 청양군 화성에서 시작되는 물들이 천태리 꽃바위에 이르러 비봉산 물과 합수하고 광시의 백월산 물이 또 합수되며, 홍성의 초롱산 물이 섞이면서 신대(新垈)에 이른다.

여기가 충남 예산군 광시면 신대리이다. 신대리, 이곳은 면암이 잠든 새터이다. 이 새터는 천하의 명당으로 손꼽히는 곳이다. 좌로 봉수산, 주산을 초롱산으로, 안산을 백월산으로, 바로 보고 누운 못자리이다. 이곳이 청양 광시를 향하는 국도상에서 불과 10여 미터쯤 되는 가까운 거리에 위치해 있다. 지금은 면암의 칼날 같은 파사현정의 기백을 찾아볼 수 없고 묘지와 묘비만이 지는 저녁노을 속에 숨을 죽이고 있었다.

　최익현(崔益鉉). 그가 구한말에 애국자였다는 것 이외에는 그의 행실과 공과에 대해서 알고 있는 사람들이 그렇게 많지 않다는 것이 필자로서 평소의 생각이었다. 면암 최익현 선생은 구한말의 진정한 선비로서 유학자로서 사사로운 명리에 집착하지 않고 나라와 겨레를 위해서 노심초사했던 애국자였다. 그런가 하면, 면암은 지나치게 새 물결의 흐름에 완고했다. 물결처럼 거센 파고(波高)로 다가오는 개화사상은 면암으로서는 충격적이고도 감당 못할 눈앞의 끔찍스런 괴물로 보지 않을 수 없었다. 기존의 질서와 도덕과 윤리가 외풍 없이 지켜져야 한다는 수구적(守舊的)인 태도는 가히 자주적이라 할 만하다.

　　　　오늘같이 서양 풍조가 세계를 집중적으로 휩쓸고 다니고 심지어는 쌀에서부터 귀후비개까지 범람하는 국제무역 전쟁 속에서 면암의 확고한 자주적이며 수구적인 태도는 재평가받아야 한다고 생각한다.

　민족문화추진회에서 발간한 면암집을 읽어 보면 선생은 천하의 문장가이며, 사상가이고, 자주자강하는 애국자였다. 선생의 글은 웅장하고도 호연하며 사람의 마음을 채찍질하는 듯한 강인한 힘이 있다. 아울러 대장부답게 용기 있고 신념 있게 살다 간 이 시대의 마지막 지사(志士)가일 것이다.

자주적이고도 고귀한 대장부

면암은 1833년 12월 5일 경기도 포천군 가채리에서 출생했다. 그러나 선생이 일본 대마도에서 순국하신 연대는 1906년, 11월 17일이다. 순국하시기까지 74년의 생애는 문자 그대로 '소리치며 움직이는 거룩한 혼'이었다.

선배 소설가 김성한 님은 면암을 가리켜 '부득지독행기도(不得志獨行基道)' 즉, 장렬하고도 고귀한 대장부의 일생이라고 기록하고 있다. 세상의 크고 작은 벼슬아치들이 대부분 '부귀'라는 괴물에 걸려들어 추락하고 오명(汚名)을 뒤

집어썼는데 면암 선생의 경우에는 전혀 그를 타락의 길로 끌고 가지 못했다. 또한 그의 문집에서 발견할 수 있는 것은 임금께서 임명한 높은 벼슬을 사양한 기록들이 많았다. 더욱이 임금이 하사한 3만 냥

의 돈과 곡식을 반려하기도 했다.

그의 문집 연보에 보면 '환납사송전미(還納賜送錢米)'라 기록되어 있어 부패와 부정에 오염된 오늘의 사람들에게 충격적인 교훈을 주는 셈이다.

가난한 궁핍과 척박함 속에서도 면암은 굴복하지 않았고, 지조와 기개로서 나라와 겨레를 사랑하는 오직 참사랑의 실천자였다.

그를 도표로 그린다면 철도의 레일처럼 복선의 인생을 사신 분이다. 그 하나의 선로는 유학자(儒學者)의 길이었고, 또 하나의 선로는 구국순절로 생을 마감한 절의영웅(節義英雄)으로서의 인생이다.

면암 최익현은 그가 14세 되던 해 화서(華西) 이항로(李恒老) 선생의 문하에 들어갔다. 재주 있고 총명하며 기품 있어 보이는 문하생 최익현에게 화서 이항로 선생은 마침내 '면암'이란 호를 지어 주었다. 아울러 '락(洛)·경(敬)·직(直)'이란 세 글자를 써 주었다고 기록되어 있다.

그 글 뜻은 낙양(洛陽)의 정명도(程明道)는 '거경궁리(居敬窮理)'를, 숭중(中)의 주(朱)는 '경이치이(敬以直以)'를 창의(倡誼)했다는 연유로 화서는 면암에게 정자와 주자를 합친 대성(大成)을 기대했다는

양심의 불꽃 면암 최익현

195

것을 뚜렷이 알 수 있다. 이에 화서의 기대는 무너지지 않았다. 화서의 '우주론(宇宙論)'도 가장 잘 이해하고 또한 직언의 기백을 가장 잘 배운 것도 면암이었던 것으로 보인다. 그러므로 면암은 화서의 정신을 이어 주고 계승 발전시킨 바 있다.

면암이 순학이면(純學理面)에서도 일가견을 가지고 있음을 그가 은사에게 올린 문목(問目)으로써도 충분히 짐작이 간다. 아울러 중용에 있는 '계진부도(戒愼不睹)', '공구부문(恐懼不聞)' 등의 제목을 두고 이를 '동정이면(動靜爾面)'으로 보아야 할 것인지, '정태적(靜態的)'으로 보아야 할 것인지를 질문하고 있다. 이러한 것으로 보아서도 면암은 사물을 보는 통찰력이 예리하고 치밀하고 깊이 있다는 것을 잘 알 수 있다. 그런 그가 후에는 위대한 학자로 광활한 정신력을 가졌던 것은 그의 시문(詩文)에서 손쉽게 볼 수 있다.

작가 김성한이 면암의 시를 '끊임없는 부공(不工)의 시(詩)'라고 풀이했다. 꾸미지 않고 유로된 정서와 정신을 두고 끊임없는 부공의 시라고 극찬했고, 면암의 정신은 청류이며, 그의 뜻은 옥산(玉山)을 이루었다고 평가했다.

면암 최익현의 시, 그의 일언일구가 찬란한 빛과 뜨거운 감정으로 심금을 울리게 되는 까닭이 있다. 그의 수많은 시를 인용하지 못하는 것을 못내 아쉬워하면서 몇 편 소개한다.

浮綠多感莊周夢(부록다감장주몽)
時事偏悲宋玉秋(시사편비송옥추)

浪迹曾誘仁智趣^(낭적회유인지취)

何辭夷險盡情遊^(하사이험진정유)

뜬 인생이 장주의 꿈을 느끼게 하고
세상일은 송옥의 가을처럼 슬프다
방랑하여 일찍 산수의 취미를 뽐내기도 했거늘
어찌 험하다고 해서 정다운 놀이를 사양할 수 있을까.

泊炎時或坐輕陰^(백염시혹좌경음)

三載從學屈子吟^(삼재종학굴자금)

莫爲海邦無好事^(막위해방무호사)

白雲流水共和音^(백운유수공화음)

때론 더위를 피해 그늘에 앉기도 하여
하잘것없이 굴원^(屈原)의 감회를 읊으며 삼 년을 지냈다
말하지 말지어다 섬이라고 해서 좋은 일이 없다고
흰구름 흐르는 물이 다 같이 친구가 되는 것을.

위의 시는 면암이 흑산도에 유배되었을 때 지은 시이다. 자연 발생
적으로 읊은 것인데, 그대로 시가 되어 버린, 이른바 부공지시^(不工之詩)
라 할만하다. 대마도에서 지은 많은 시 가운데 박규용^(朴奎容)에게 차
운^(次韻)한 시가 있다.

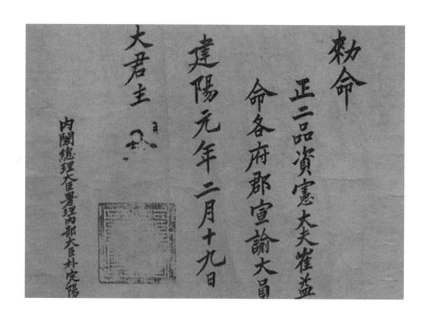

海中秋色孤辰帶書行(해중추색고진대서행)　成敗惟天命(성패유천명)　何須問死生
(하수문사생)

이 시는 면암이 겪은 험로(險路)를 배경으로 했을 때 가슴에 와닿는 느낌이 아픔 바로 그것이다.

'어찌 사생(死生)을 물으리오(何須問死生)'는 만근의 무게로 독자의 가슴을 치고 또 치게 된다.

면암의 애국 충정은 일찍부터 가꾸어졌는데 그것이 행동으로 옮겨진 것이 36세, 1868년의 '시폐사조소(時弊四條疏)'란 것은 세상에 널리 알려진 항소문이다. 이 주장은 대원군의 절대권력에 도전한 기백이 대단하다 하겠다. 거의가 무사안일에 젖어 권력에 편승할 기회만을 노리고 있는 소인배들이 들끓는 때에 감히 일깨워 잘못을 바로잡겠다는 의지가 어디 비범치 않다고 하겠는가? 그런 가운데 면암은 1873년에 또다시 상소를 했다. 이것이 커다란 파문을 일으켰던 '사동부승지소(辭同副承旨疏)'이다. 내용인즉, '정사는 옛법을 변경시키고 사람들이란 주견을 잃었다. 부렴(賦斂)이 가혹하여 생민(生民)들은 어육(魚肉)이 되었다.' 대원군을 비판하고 지적했다. 이런 까탈로 인하여 대원군의 10년 독재는 마침내 무너졌다.

그러나 면암도 양심상 불편하지 않을 수 없었으리라. 우부승지로 승진한 면암도 다시 동부승지로 강등되고 얼마 후에는 또 호조참판으로 임명되었으나 그해 11월 3일 호조참판 사임을 해 달라는 상소를 했다. 이 상소 역시 격렬한 비판을 담고 있었다가, 이로 인하여 면암은 제주도로 유배되었다. 1년 남짓 귀양살이를 하고 유배지에서 풀려난 면암은 왜놈들이 강화도에 와서 수교를 강요한다는 소식을 접했다. 그리하여 또다시 올린 소가 '지부복궐척화소(持斧伏闕斥和疏)'였다. 이로 인하여 면암은 흑산도에 가서 3년 귀양살이를 했다. 이 척화소는 간신 잡배들이 눈앞에 권력에 몸을 움츠리는 오늘의 시대에 한번쯤 음미해

볼 만하다. 자주자강(自主自强)하자는 면암은 수교하기에 앞서 주체성과 자립정신을 도모해야 한다는 것이었다. 면암이 귀양살이에서 해방되어 고향으로 귀환한 때가 47세였다. 그의 친구 김중암(金重菴)은 '굴원은 상강(湘江)에 빠져 죽었는데 최군은 살아왔다'는 시를 남겼다.

귀향해서 면암은 향리에서 교육에 전심전력을 다했다. 그때가 갑오년. 시변(時變)으로 다시 정무를 맡아보게 되었다. 대원군은 면암을 자헌대부(資憲大夫) 공조판서에 추천했다. 면암은 위작이라 하여 벼슬에 나가지 않았다. 그러나 대원군은 병자년의 척화소를 읽고부터 면암을 칭송하기 시작했다.

그러나 면암은 우여곡절 끝에 의병창의(義兵倡義), 대마도에서 순국으로 생을 마감했다. 그의 영혼은 하늘나라에 갔고 육신은 흙이 되었다. 충청도 광시 봉수산 기슭에서 잠이 든 채 아부와 부조리로 양심이 마비된 사람들에게 지조를 상기시켜 주고 있다.

불패의 최익현, 그는 지조와 자주의 햇불을 높이 들었던 시대의 양심, 불을 밝히는 오늘의 등대가 아닐까 한다.

열아홉 번째 이야기

민족의 스승 신채호

단재 신채호

- 1880(고종 17)~1936
- 대한제국 언론인, 독립운동가
- 13세 때 칠서(七書)를 읽은 천재
- 20여 세에 성균관 박사
- 황성신문, 대한매일신보 강직한 논설
- 여순 감옥 복역 8년 만에 옥사

민족의 혼을 일깨운 단재

"자신의 나라를 사랑하려거든 역사를 읽어라."

조선 민족의 생명을 유지하자면 강도 일본을 몰아낼지며 강도 일본을 몰아내자면 오직 혁명으로써 할 뿐이니 혁명이 아니고는 강도 일본을 몰아낼 방법이 없는 바이라. 혁명의 길은 파괴부터 계획할지니라, 그러나 파괴만 하려고 파괴하는 것이 아니라 건설하려고 파괴하는 것이니 만일 건설할 줄을 모르면 파괴할 줄도 모를지며 파괴할 줄을 모르면 건설할 줄도 모를지니라. 건설과 파괴가 다만 형식상에서 보아 구분될 뿐이요, 정신상에서는 파괴가 곧 건설이니 이를테면, 우리가 일본 세력을 파괴하려는 것이, 제일은 어족 통치를 파괴하고자 함이라….

단재 신채호(申采浩) 선생이 쓴 〈조선혁명선언〉의 한 문장이다. 더 구

체적으로 말하면 1923년 독립 투쟁 전쟁을 고취시키고 친일파나 왜놈들을 테러·암살하기 위한 단원들의 행동목표로 설정된 글이다.

신채호. 그는 왜놈 치하에서 지사들이 견디고 견디다가 끝내 친일파로 변절하던 시대에 끝까지 자신을 지켜 지조를 더럽히지 않은 선비 중의 한 분이다.

단재 신채호(1880~1936). 사학자이며 독립운동가이며, 언론인이었으며 작가였다. 본관은 고령. 호는 일편단생(一片丹生) 단재. 초명(初名)은 채호(寀浩). 고종 17년(1880)에 그 당시 행정구역 명칭으로는 충남 대전군 산내면 이남리 도림마을에서 신광식(申光植)의 둘째 아들로 태어났다.

서기 1886년 단재는 부친이 세상을 떠나자 가족들이 청원군 낭성면 귀래리로 이사, 불과 7세의 나이에 사간원 정언(司諫院 正言)을 지낸 조부 신성우(申星雨)에게 한문을 수학, 광무(光武) 2년(1898) 신기선(申箕善)의 추천으로 성균관(成均館)에 입학, 1905년 박사가 되었다.

단재가 자란 낭성면 귀래리는 고령 신씨 집성촌(集姓村)이다. 신숙주의 후손들이 수백 호가 옹기종기 모여 살던 마을. 충청북도 청주시에 불과 직행버스로 30분 거리이다. 낭성에서 흐르는 물은 미원, 괴산을 거쳐 충주를 경유, 남한강으로 흐른다. 귀래리 발치, 바로 가덕면에서 흐르는 물은 청주 미호천을 경유, 금강으로 해서 서해바다로 흘러든다. 그러니까 남한강의 상수원(上水源)이다. 그러므로 청주시보다 봄이 늦게 오는 고지대로, 한랭한 산지이다. 이 집성촌은 조선조의 향반으로서 재산으로나 신분으로나 제법 세도 꽤나 누리던 명문

가라고 할 수 있다.

신채호는 어려서부터 비범한 데가 있었던지 집안 어른으로부터 큰 인물이 될 것으로 촉망을 받았다고 한다. 그때 마을에서는 그만그만한 또래의 학동들이 한문을 수학하면서 과거 시험을 준비했었다.

독립투사로 활약했던 상해 임시정부의 국무총리대리 신규식(申奎植)

주중대사를 역임한 신건식(申健植) 형제와 조선일보 사장을 지낸 신석우(申錫雨), 서로군정서 참모였던 신백우(申伯雨) 등이 같은 연배로 각축을 벌이면서 공부를 했던 사람들이었다. 신석우는 단재의 족조(族祖), 신규식은 단재의 족숙(族叔) 항렬이 된다.

단재는 나이 20세에 성균관 박사라는 벼슬길에 나섰다. 오늘에 비한다면 국립대학의 교수의 신분일 것이다. 그가 학생을 훈도할 때에는 나라의 형편과 사정은 이루 필설로 말할 수 없는 파국 지경이었다. 그런 때에 단재 신채호는 벼슬이고 무엇이고 간에 구국운동에

나서기로 결심하고 있었다.

이때 장지연(張志淵)의 초빙으로 황성신문사(皇城新聞社)에 입사했다. 당시의 황성신문은 독립신문의 후신으로 장지연, 박은식 등의 지사들이 왜놈들의 침탈에 항거하는 논설과 친일파를 매도하는 논설을 피를 토하듯 토해 냈다. 아울러 을사조약을 반대하는 논설로 인해 황성신문은 정간당했다. 황성신문은 폐간되고 대한매일신문이 창간되자 다시 주필로 초빙되어 구국 언론 활동을 시작했다.

그는 일반 논설 이외에도 한국의 역사에 대한 글을 많이 썼다. 역사를 뒤돌아본다는 것은 방향점을 설정하고 과거의 교훈을 상기함

으로 오늘의 잘못을 깨달을 수 있다는 생각으로 시작했던 것이다.

역사를 통한 구국운동은 여기에서 민족 주체성을 강조하고 민족적 우월감과 주체적인 자주성을 찾아야 한다는 것이었다. 그런가 하면 단재는 봉건 질서의 타파를 외쳤고, 양반 의식을 철저히 배격했다. 자기 자신이 양반가의 출신이지만 스스로가 양반을 배척했다. 그는 19세기에 양반들을 죽이려는 검계, 살주계와 같은 비밀결사 활동을 사회변화 세력으로 보아 높이 평가했던 것으로 보인다.

나라가 왜놈들의 침탈에 못 견디게 된 것은 당시 지배 세력이었던 양반 계층, 사대주의 몰주체에서 나온 시각으로 인식했던 것이다.

▶ 신채호 친필 편지

그의 시각과 인식은 대한매일신보의 논설에 짙게 투영되어 있다.

1907년 9월 나라가 완전히 왜놈들의 손에 넘어가게 될 것 같자, 그는 마침내 양기탁, 안창호, 김구 등과 함께 항일 비밀결사인 신민회를 결성했다.

1910년 나라가 완전히 왜놈들의 손아귀에 들어가게 되자 중국으로 망명, 러시아령 블라디보스토크에 도착했다. 단재 신채호는 그곳에서 독립지사들과 힘을 규합했고, 민족혼을 일깨우는 '해조신문'을 발간하기에 이르렀다. 그러나 재정 사정이 취약하고 독립정신을 일깨우는 데에 신문이 미치는 영향을 잘 모르는 동포들의 인식 부족으로 결간을 거듭했다. 이때 중국 상해에서 독립운동을 위해 먼저 와 있던 신규식, 박은식의 권고 편지로 그는 상해로 건너가게 되었다.

상해에서는 신한청년단과 박달학원에서 청년들에게 우리의 역사와 문화를 가르쳤다. 그로 인하여 애국심을 고취하고 우리 상고사를 연구하여 학생들에게 가르쳤다.

단재는 우리의 과거 역사가 퇴영적이 아니고 고조선, 고구려 등이 강국인 중국과 맞서 영토 확장에 전력투구했음을 역설하는 등, 희망과 긍지를 갖는 민족사관의 정립에 온갖 정열을 쏟았다. 단재는 독립투쟁과 함께 학문 연구를 병행하면서도 남의 나라 땅에서 10년의 세월을 하루도 편한 날이 없이 동분서주했다. 이즈음에 고국에서는 3·1운동이 일어났고, 곧이어 망명지사들이 상해에서 임시정부를 수립했다. 이때 단재는 임시정부 창건위원회의 중심 멤버로 활약, 임시정부가 수립되자 의정원 전원위원장에 추대되었다.

독립투쟁의 구심점으로 발기된 상해 임시정부의 활동은 문자 그대로 험로였다. 망명정부의 주도권 다툼질, 임시정부의 정체를 놓고, 공화파와 복벽파로 나뉘어지기도 했다. 여기에다 기호파, 서북파 따위의 파벌이 일어났고, 옛 조상의 줄을 대 당색을 따지거나 양반 상놈을 가리는 일 따위로 힘을 소모하는 입씨름을 벌였다.

단재 신채호는 분연히 이들의 행동에 비판을 가하고 독선적이고도 주도권 잡기에 열중하는 이승만을 격렬하게 규탄하기도 했다. 그러나 임시정부의 단결이 이루어지지 않자, 그는 전원위원장 자리를 박차고 나아가 언론 활동의 선봉에 섰다. 순한글 신문인 '천고'를 손수 발행했다. 임시정부에서 발간하는 '독립신문'과 중국의 신문인 '중화일보'에 논설로써 독립투쟁을 고취했다. 단재의 독립투쟁은 철저한 폭력 저항이었다. 강국인 왜놈들과 맞서 싸우려면 파괴, 암살의 방법을 통해 항쟁해야 한다고 주장했다. 외교운동이나 문화운동은 결코 성과가 없다고 주장했다. 단재의 투쟁 노선은 '조선혁명선언'에 잘 나타나 있다.

한국 고대사의 참모습 「조선상고사」

1923년 단재는 독립지사들과 함께 왜놈 고위 관리나 친일파들을 제거하는 폭력 투쟁을 위해 의열단을 조직했다. 임시정부 의열단과는 별도로 천진에 본부를 두고 중국 땅에 산재해 있는 일본 밀정, 동경의 침략의 원흉 조선에 있는 총독부 관리 및 친일파에 대한 테러 암살을 행동 목표로 삼았다.

왜놈들의 침탈 수법, 압제의 실상을 고발, 놈들의 평화의 허구성을 단재는 줄기차게 유민들에게 의식화시켰다. 또한 국제연맹의 도움 과 외교론으로서 독립 쟁취의 방법의 한계, 민족자본의 육성, 교육 을 통한 민족의식의 고취, 신문을 통한 문화 수준의 향상 따위의 방

▶ 조선일보에 실린 「조선상고사」 제1회

법으로 독립운동을 해야 한다고 주장했다.

1926년 단재는 만주, 몽고 등지의 역사 유적을 답사하는 한편, 동 방무정부주의자 연맹에 가입해 있었다. 이것은 단재가 무정부주의 자로서의 의지보다도 독립투쟁의 일환으로 이 활동에 가담했던 것 이다. 이것이 끝내 일본 경찰에 발각되었고, 단재의 이름도 수사기관

에 포착되어 만주에서 왜경에게 붙
잡히는 몸이 되었다. 그가 독립투
쟁 경력과 '조선혁명선언'의 작성자
임도 밝혀졌다. 10년형을 선고받아
여순 감옥에 갇히는 몸이 되었다.

1936년 2월 21일 여순 감옥에서
단재 신채호는 파란만장한 그 독
립운동가의 일생을 마쳤다. 조국
광복의 꿈을 안고 망명생활 26년,
감옥에서 8년째 복역, 57세의 나이로 세상을 떠났다.

독립운동가요, 민족혼을 일깨우던 역사학자요, 언론인이었으며 혁
명가요, 소설가요, 시인이었다.

단재는 생전에 유언으로 "내가 죽으면 시체가 왜놈들의 발끝에 채
이지 않도록 화장하여 재를 뿌려 달라."고 했으나 후손들을 생각하
여 국내에 묘소를 쓰기로 하고 여순에서 화장하여 유골을 봉안해 왔
다. 그러나 민적이 없어서 매장 허가를 얻지 못해 암장할 수밖에 없
는 기막힌 처지였다.

일제하에서 수많은 변절과 투항 속에 단재는 비타협으로 지조를
지킨 위대한 민족의 스승이다. 비록 조국의 독립을 보지 못하고 세
상을 떠났지만 그의 얼은 오늘도 연연히 맥을 이어 흐르고 있다.

단재. 우리는 그가 일반적으로 독립운동가나 역사학자요, 또는 언

론인만으로 알면 안 된다고 중국 연변대학의 김병민 교수가 말하기를 "탁월한 작가요, 그의 창작 소설은 자신의 피어린 애국적 투쟁과 밀접하다."고 「신채호 문학연구」에서 밝히고 있다. 또한 '신채호, 그는 다양한 문학 장르에 걸쳐 독특한 예술적 개성을 나타내고 높은 사상, 예술적 성과를 이룩한 작가'라고 강조했다.

신채호는 〈꿈 하늘〉을 비롯하여 수십 편의 소설을 썼다. 그를 어디 언론인이나 역사학자로만 보겠는가.

신채호 그는 분명 살아 숨쉬는 민족의 스승이다.

스무 번째 이야기

사라지지 않는 별 김만중

서포 김만중

- 1637(인조 15)~1692(숙종 18)
- 조선 문신, 작가
- 현종 때 문과에 급제
- 대제학 판서를 역임
- 「구운몽」 저술

사라지지 않는 별

엄혹한 시련을 삶의 미학으로 승화

서포 김만중을 우리의 고전문학사에서 대표적인 작가로 손꼽는데 이의를 제기할 사람은 아마도 없을 것이다. 「사씨남정기(謝氏南征記)」나 「구운몽」 그의 「서포만필」은 그를 더욱 돋보이게 하는 논증 자료들이다.

서포 김만중의 작품들을 논하기 전에 잠시 서포가 태어날 무렵부터 우리의 역사를 돌이켜 보아야 할 것이다. 인조(仁祖) 14년 겨울. 우리 겨레는 뜻하지 않은 병자호란을 겪게 되었다. 이 비극적인 화란은 어처구니 없는 봉변이요 통한의 비극이었다. 명조를 타도한 청조의 태종이 2백여 년이 넘는 명조(明朝)와의 숙연(宿緣)을 가진 우리나라의 우유부단하고 엉거주춤한 태도를 징치할 목적으로 돌격하여 쳐들어왔다. 때가 곧 인조 14년 병자년의 겨울이었다.

이때 왕자와 비빈을 비롯한 종실과 중신들 대부분은 강화도로 난을 피했다. 인조도 곧 뒤를 따를 예정이었지만, 삽시간에 퇴로를 차단당하자 남한산성으로 피신했다. 그러나 이는 마침내 굴욕적인 항복이 있었다. 그런데 청군들에게 점령당한 강화도에서는 성이 함락되기에 앞서 자결한 충신(忠臣)들이 있었다. 묘사를 받들고 온 김상용은 강화 남문 위에서 자폭했다. 김상용과 더불어 행동을 같이한 사람이 바로 김익겸(金益兼)이다.

이 김익겸이 바로 김만중의 아버지이다. 서포는 그때 어머니 윤씨의 태중에 있었다. 윤씨는 남편 김익겸이 순절한 후 다섯 살 난 아이를 데리고 나룻배로 강화를 떠났다. 그 다섯 살 난 아들의 이름이 만기(萬基)이다.

서포의 가문은 대대로 학자였다. 선조·광해에 걸쳐 우뚝한 인물이었던 사계 김장생(金長生)이 김만중의 증조부이다. 또한 예학의 대가 김집(金集)은 그의 증조부이다. 아버지 익겸은 인조 13년 생원시(生員試)에 단연 수석으로 뽑힌 수재였다. 그들로 하여 광산 김씨는 더욱 빛을 보게 된 것이었다.

서포의 어머니 윤씨는 관향이 해평이다. 그러니까 선조조의 중신 윤두서(尹斗緖)의 증손녀이다. 선조의 따님 정혜옹주(貞惠翁主)의 손녀이며 이조 참판 윤서의 따님으로 부덕(婦德)이 높은 분이었다.

윤씨는 두 아들을 양육하고 가르치는 데 온갖 심혈을 다 기울인 분이었다. 이에 만기와 만중은 홀어머니의 기대에 어긋나지 않는 사람으로 성장했다. 만기는 효종 4년에, 만중은 현종 6년에 각각 과거에 합격, 관료의 길로 들어섰다.

만기의 맏딸은 숙종비(肅宗妃) 즉, 인경왕후가 되었다. 인경왕후는 서포 김만중의 조카딸이 되는 셈이다. 그러나 뜻하지 않게 인경왕후는 숙종 13년에 어머니에 앞서 죽고 말았다.

서포는 어머니께 형 만기가 하지 못한 효성까지 도맡아 하게 되었다. 유복자로 태어난 서포는 생전에 보지도 못한 아버지에 대한 그리움까지 어머니께 바쳤다. 서포의 효성이 그 얼마나 지극했던가를 이재(李縡)가 삼관기(三官記)에 다음과 같이 기록하고 있다.

서포 김공의 효성은 지극했다. 유복자로 태어나 아버지의 얼굴을 모르는 것을 가장 슬픈 일로 알고 있었다. 어머니의 사랑도 지극 하였지만, 어머니의 뜻을 받들어 어머니를 즐겁게 하는 모습은 마치 병아리가 어미 닭 앞에서 재잘거리며 노는 것 같았다.

어머니 윤부인은 옛 역사와 기이한 사실을 좋아하였으므로 만중은 많은 이야기책을 모아 밤낮으로 그것을 읽어 드려 어머니를 즐겁게 했다. 젊어서부터 늙을 때까지 국사(國事)가 아니면 한번도 어머니 곁을 떠난 적이 없었다. 관직에서 물러섰을 때에는 아침 일찍 문안을 가서 주무실 때라야만 돌아왔다.

▶ 서포 김만중 선생 충효 소설비

위의 글로 미루어 볼 때 서포의 효성은 지극하다. 그의 작가적 기질도 효성으로 인하여 가꾸어진 것이 아닌가 한다.

그러나 김만중의 벼슬길은 평탄할 수가 없었다. 그것도 김만중의 강직한 성품과 더불어 당쟁의 탓으로 볼 수 있다. 김만중은 서인에 속해 있었다. 우암 송시열의 제자였던 것이다.

그가 37세 때. 현종 14년 9월, 왕을 모신 자리에서 영의정 허적을 탄핵한 송준길의 상소를 두둔하며 허적이 요직에 있을 수 없다고 아뢰었다. 현종은 만중의 그 말이 당파에 치우친 언사라고 꾸짖었다. 그러나 김만중은 "신은 그릇된 일을 그릇되었다고 했을 뿐, 당파에 좌우되어 드린 말씀이 아닙니다." 하고 항변했다. 현종은 크게 노했다. 마침내 김만중을 금성으로 귀향을 보냈다. 서포는 현종 15년에 귀양살이에서 풀려 다시 관직에 돌아와 숙종 원년에 동부승지가 되었다. 그러나 남인이 득세하고 있던 정국에서 만중은 또다시 강직한 발언을 한 때문에 숙종의 비위를 거스르고 말았다. 숙종실록 윤 5월 27일자를 보기로 한다.

김만중이 윤휴, 허목 두 사람을 탄핵하다. 상(上) 말하길, 만중이 배운 것은 사당(死黨) 두 글자뿐이다. 전교하여 만중의 관작을 삭탈하고 송창(宋昌)을 나문(拿問)하다. 또 명하여 김·송 두 자를 말거(抹去)하여 그 이름만을 쓰게 하다.

숙종이 이처럼 대노한 나머지 김만중의 성을 말살하고 이름만 사용하게 했다. 그러나 숙종 5년에 삭탈당했던 관직을 다시 받고 그는 대사간, 홍문관제학, 대사헌, 도승지 등을 두루 역임했다. 47세란 나이에 대제학이 되었고, 이어 공조판서, 예조판서, 의금부 판사를 하다가 숙종 12년에 다시 대제학이 되었다. 그런 서포가 53세 때였다. 귀인 장씨 즉, 후에 장희빈으로 되는 여인이 숙종의 총애를 받고 있었다. 그 장희빈의 배후에는 조사석이란 사람이 있었다. 왕이 장희빈을 총애하는 데 대한 김창협의 통렬한 상소가 있었다. 영돈영부사 김수항은 김창협의 아버지였다. 그는 이유 없이 파직을 당했다. 김만중이 경연에서 이 문제를 듣고 숙종에게 전언했던 것이다. 숙종 13년 9월 11일 숙종실록을 보자.

김만중이 경연에서 말하길, 근일 주상께선 김수항 이단하에게 대한 처우를 잘못하십니다. 모두 말하길 수항을 파직시킨 것은 아들 창협의 상소 때문이라고 합니다. 어찌 주상께선 아들이 잘못했다고 해서 노여움을 그 아비에게 미칠 수가 있느냐고 세간의 풍문이 소연합니다….

예부터 유언(流言)은 여종(女寵)에서 비롯되는 것입니다. 원컨대, 주상께선 깊이 반성하시어 더욱 수제의 도를 닦으소서. 주상이 조사석의 일이란 무엇이냐고 물었다. 만중이 대답해 가로되, 후궁 장씨의 어머니는 조사석과 대단히 친한 사이입니다. 그런 결연으로 해서 사석이 의례적인 영달을 했다고 국인들은 모두가 말하고 있습니다. 주상만이 듣지 못하고 있습니다. 군신의 사이는 항상 동연개석(洞然開釋)해야 하고 조금의 간격도 없어야 하는 바, 지금 주상께서 물으시니 신이 무엇을 숨기겠습니까. 만중의 말이 이에 이르자 주상은 진노하여 만중을 금부에 넘기다.

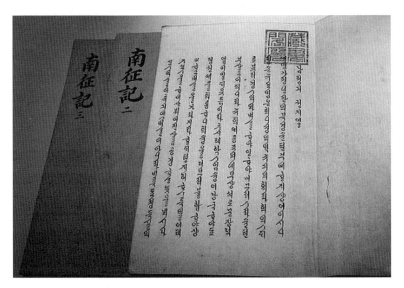

▶ 사씨남정기

유배지에서 지은 「사씨남정기」

정원 옥당이 서포를 구하려 했지만 숙종의 진노가 풀리지 않았다. 만중은 그만 이튿날 선천 유배가 결정되었다. 이듬해 10월 후궁 장씨가 아들을 낳았다. 그가 후에 경종이 되는 사람이다. 영의정 김수홍의 건의가 있는 데다가, 마침 왕자를 얻은 기쁨에 만중은 그해 11월 유배에서 풀려났다.

그런데 또 숙종 15년에 왕세자의 책봉 문제가 제기되었다. 중신들은 왕비가 아직 젊다는 이유를 들어 세자 책봉에 반대를 했으나 왕은 끝끝내 고집을 세워 책봉을 강행하고, 귀인 장씨를 희빈으로 승

격시켰다. 이때 송시열의 상소는 격렬했다. 이때 남인들은 호기를 만났다는 듯이 송시열의 처벌을 주장했다. 송시열은 제주도에 위리안치되었다가 그해 6월 다시 국문하라는 명령이 내려 서울로 오는 도중 사약을 받게 되었다.

김만중도 그 회오리에 휩쓸려 아들 진화와 더불어 형고를 치르다가 송시열이 죽기 3년 전에 남해로 유배되었다. 숙종 18년, 4월 30일. 유배지인 남해에서 56세의 한 많은 일생을 마쳤다. 그는 깨끗하고 의롭게 지조를 지킨 작가이며 선비였다. 한글이 탄생된 지 240여 년 만에 서포는 한글로 본격적인 소설을 썼다. 언문이라 천시하던 당대에 한글을 높이 평가한 분이었다. 송강의 「관동별곡」, 「전후속미인곡」을 그는 '진문장'이라 극찬했다. 그는 신라의 설총, 고려의 균여와 더불어 우리 문학의 선각자이며 국학정신을 지닌 찬란한 별이었다.